クライブ・カッスラー
& グラハム・ブラウン／著
土屋 晃／訳

地球沈没を阻止せよ（下）

The Rising Sea

扶桑社ミステリー
1641

地球沈没を阻止せよ（下）

登場人物

カート・オースチン——国立海中海洋機関《NUMA》特別任務部門責任者

ジョー・ザバーラ——同海洋エンジニア

ポール・トラウト——同深海地質学者

ガメー・トラウト——同海洋生物学者

ロバート・ヘンリー——同海洋地質学者

プリヤ・カシミール——同コンピュータ・エンジニア

ルディ・ガン——NUMA副長官

ジェイムズ・サンデッカー——アメリカ合衆国副大統領

ウォルター・ハン——〈産業技術有限公司〉社長

ガオ・ジン——同技師

ウェン・リー——中国の政治家

牛鬼——殺し屋

フジハラ・ケンゾウ——日本の地質学者

アキコ——ケンゾウの弟子

ナガノ——警視

30

〈チャイナ《C》・ニッポン《N》・ロボティクス《R》〉の工場

ハンはそれ以上の足止めを食うことなく式典からオフィスにもどった。ドアをしっかり閉じ、デスクの椅子《いす》に腰かけた。静寂のなかで、いましがた相手をした邪魔者について思いめぐらした。オースチンと国立《N》海中《U》海洋《M》機関《A》の干渉にはなんらかの手立てが必要だった。

デスクの天板に嵌《は》めこまれたスキャナーに指を置いた。指紋認証でロックが解除されると二段めの引出しから特殊な電話を取り出し、そのプラグをコンピュータの側面にある専用ジャックに挿した。

キーボードを何度か叩《たた》いて暗号化プログラムを起動し、そして電話をかけた。初期接続が確立され、ディスプレイに黄色いアイコンが表れた。暗号化コードが受理されて合致するとアイコンは緑色に変わった。

「保安回線です」回線のむこうから声が聞こえてきた。

「保安回線」ハンもくりかえした。「部長につないでくれ」

「お待ちください」

ハンは待ちながらネクタイをゆるめた。首を絞められているような気がしていたのだ。それからグラスに飲み物を注《つ》いで一気に飲んだ。

コンピュータのスピーカーから声が返ってきた。「部長におつなぎしました。お話しください」

北京の事務所にいるウェン・リーと電話がつながった。「問題が起きました」とハンは言った。「作戦を中止する必要があります」

つかの間の空電をはさみ、ウェン・リーが応答した。「問題は方々で起きている。しかし引きかえすには時すでに遅し。動きだした事態は止められない」

「いまにも露見するやもしれません」とハンは言った。「きょう、カート・オースチンが私の前に現われ、東シナ海の海底に地質学上の異常があると話していきました」

「驚きはしない。オースチンが消されたというきみの報告には驚いたが」

アメリカ人たちがカジノから逃げたことを知っていたハンだが、その情報をウェン・リーには報告していなかった。「火事で焼死したと思いこまされていました。連中は死を偽装して捜査をつづけていたのです。素人くさい策を弄《ろう》して」

「きみはそれにまんまと引っ掛かったらしい」

ハンは怒りに頬《ほお》を紅潮させた。「部長は、私がいまお話ししたことの深刻さをおわかりになっていないのでしょう。オースチンはここに——私の仕事の場に来て、私が日本の首相とともに登壇した直後、私のもとにつかつか歩み寄ってきたのです。これが偶然のはずはない。すなわちCNRと私を〝蛇の顎《あぎと》〟と結びつけたのです。彼らはあの一帯を調査する気でいます。採掘現場を突きとめるでしょう」

「はったりだよ」とウェンは言った。

「そう言い切れますか？」

「なぜなら、連中はすでに調査をしたからだ。それでなにも見つけられなかった」

ハンは唖然《あぜん》とした。どうやら情報を隠していたのは自分だけではないらしい。「それはいつ、どのようにして？」

「きのうのことだ。われわれはROVの信号を検知した。小型の潜水艇だけにソナーは断続的だったが、最初の採掘現場を発見したとみてほぼ間違いない」

ハンは激しさを増す頭痛をやわらげようと、こめかみのあたりを手でさすった。

「どうしてそんなことに？　あの海域は解放軍海軍の部隊が封鎖していたはずですが」

　ウェン・リーは、敵ながら見事というほかない侵犯について解説した。「連中は斬《ざん》新《しん》なやり方でわれわれの網をかいくぐったわけだ。意想外の方法でな。しかし結果としては、連中の発見には意味がないということになるだろう」

「その情報がワシントンに送られたら、そうはいきません」

「そうはならない」とウェンは請けあった。「NUMAの工作員は上海にいる。じきに拘束される。それを諜報《ちょうほう》容疑で起訴し、交渉の切り札にする。本人たちも残念だろうが、己《おの》が命を無駄にしたことを思い知らされる。正確なソナー図にビデオ画像、それに地中探査ソナーを使って詳しく調べたところで、詳《つまび》らかにされることはほとんどない。実際の現場は、きみのところの機械で海底を掘り進んだトンネル内にある。あの深さは並みのソナーでは探知できない。

　アメリカ人が見つけるとすれば、せいぜい小さな地殻変動で破壊された海底の採掘場と、渓谷に半ば埋もれた水生生物の棲息地《せいそくち》といった程度だろう。作戦の本質であるとか、〈黄金アダマント〉のことなどわからずじまいだ。連中が気づいたころには、われわれは日本政府を支配下に置き、きみときみの代理人で本州の〈黄金アダマント〉を自由に採掘できるようになっている。あくまでそれを見つけたらの話だが」

ハンは守勢に立たされた。「もうかなり近づいています。じきに古代の刀剣とその鍛造法《たんぞうほう》が記された正宗の日誌が手にはいります。それらが、正宗が最初にその合金を手に入れた鉱脈まで、われわれを迷いなく導いてくれます。しかし、上海のＮＵＭＡの工作員や日本にいるその仲間に、こちらの正体が知れたら元も子もありません」

碁を打つときのように、ウェンはしばしの黙考にはいった。ハンはその間に飲み物を口にした。

やがて老師は口を開いた。「オースチンが訪ねてきたと言ったな？」

「探査への協力を仰いできました」

「また大胆な行動に出たものだ。揺さぶりをかけてきたとしか思えない」

「そこは誓って、むこうには一切の言質《げんち》をあたえていません」

「それにしても、そのゲームの運び方には称賛すべき部分が多くある。学ぶべき点もだ」

「たとえば？」

「盤上の第一の教訓を思いだせ。絶好の機会は、敵が無理筋を通したときにめぐってくる。そこで敵を倒しやすくなる。オースチンの押しの強さは脆《もろ》さにつながる。その傲慢《ごうまん》なところを利用できるだろう」

「どうやって?」

「たしか、アメリカ人の協力者だかに日本の首相を襲わせる計画があったはずだ。ちがうかね?」

「軍人を二名押さえています。アメリカ政府は無断離隊したと思っていますが」

「そいつらはお払い箱だ。任務を放棄した軍人の行動は危なっかしいにもほどがある。その代わりに、もっと華々しい経歴の持ち主を使う」

「というと……」

「だから」とウェン・リーは言った。「かつてCIAに在籍したアメリカの有名な工作員が、中国との友好協定に署名した日本の首相を殺害したら、われわれの好都合はいかばかりか。日本国民は激怒する。そして、またとない同盟が締結される」

押し寄せる力の波に洗われて、ハンは口もとをゆるめた。「いつもながら、あなたのおっしゃるとおりだ、老師。機を見るに敏といかなかったことはお詫《わ》びします。が、いまやオースチンはまさにわれわれの手のなかにいるので」

31

上海

屋根のない二階建てバスが混雑する上海の通りで加速すると、大型エンジンの唸《うな》りがすべての会話を掻《か》き消した。

通りの両側には近代的なビルが建ち並び、華やかに着飾って有名ブランドのバッグを持つ買物客が行き交っている。車の流れが滞っていたのは、前方外側の車線でおこなわれている工事のせいだった。

バスの下の階ではポール・トラウトが、天井に取り付けられたストラップにつかまって立っていた。ガメーは隣りの窓際の席に座っていた。倉庫を出たふたりは新しい靴と服を買い、人目につかず領事館にはいる方法を検討した。

答えはポールが手にした〈上海旅行社〉のパンフレットにあった。二時間後、ふたりは明るい塗装のバスでのんびり市内観光をはじめた。

大半がヨーロッパ、アメリカからの旅行客と移動するのはなかなか快適だった。目立つことなくツアーに溶けこむことができたのである。

ルートには歴史ある寺院、宮殿のような政府の建物、さらにはかつて世界最大の食肉処理場があった広大なコンクリート建築もふくまれていた。いまはリノベーションされ、富裕層向けの店舗やレストランがひしめくその建物には、ビーガンやベジタリアン向けの料理店も何軒かはいっている。

上海一有名なランドマーク、東方明珠電視塔にも立ち寄った。複数の球体と巨大な管状の支柱を配した高さ一五〇〇フィートのタワーだ。

「失敗に終わった理科の実験みたいだな」バスの車内で誰かが言った。

「《バック・ロジャース》のコミックに出てくる宇宙船みたい」と別の誰かが言った。

ポールとガメーは見るものすべてに感心するふりをしていたが、じつはこのツアーの最後の部分だけに心を砕いていた。バスは上海の繁華街を走り、アメリカ領事館がある建物の前を通過することになっている。

そのブロックに近づきつつあるいま、遅い車の流れは、ふたりに周辺を観察する機会をあたえた。あまり魅力のない景観だった。

「せっかくの領事館が」とガメーがささやいた。

ポールは険しい顔でうなずいた。建物の周囲と付近の交差点に、中国人警官と兵士が多数配置されていた。バリケードが立てられ、当局の職員が通行人のパスポートを検《あらた》めていた。「すべては安全の名のもとに、か」

バスがまた信号で停まった。その停車中、警備隊を指さしている別の夫婦に気づいたポールは、ふたりのほうに身を寄せた。「どうしてこんなに兵士がいるかご存じですか？」

夫婦は振りかえった。メープルリーフのピンを着けているので、おそらくカナダ人だろう。「ニュースでテロリストの話をしてたから」と女性が言った。「怖いわね。けさ、ホテルに警察がいて、カナダと英国の領事館も同じように包囲すると話してたわ。こんなことなら、どこかよそに旅行すればよかった。でも、いまは家に帰ることも、北京の友だちに会いにいくこともできないの。空港も鉄道の駅も閉鎖されてるって」

「知らなかった」とポールは言った。「明日の飛行機で発《た》つ予定なんだけど」

女性はやさしい笑顔を見せた。「エアラインに問い合わせたほうがいいわよ。わたしは一週間はここに缶詰めだって言われたけど」

ポールは、旅の予定が狂ってしまったとばかりに溜息《ためいき》をついた。「そうですね。電話を貸していただけませんか。盗まれたみたいで」

カナダ人はいつ何時でも手を差し伸べてくれるというのが、ポールのカナダ人にたいする印象だった。これまで旅で出会ったなかでも、カナダ人の気配りは群を抜いていた。

「使えないんだ」と夫のほうが言った。「市内全域で携帯の電波が遮断されている」

「インターネットもよ」と女性が言った。「石器時代に生きてるみたい」

「あるいは一九九三年にね」と夫が言った。

ポールは笑うしかなかった。石器時代はそれほど昔ではないらしい。「固定電話はまだ使えますか？」

「わたしたちが使ったのはそれ」とカナダ人女性は言った。「ホテルからかけたの」

ポールはふたりに礼を言うとガメーの横に腰をおろした。「当ててごらん」

「聞いたわ」とガメーは言った。「誰かが頑張ってるのね。それもわたしたちのために？」

「みたいだ。市内の電子機能が完全に凍りついてるとなると、このデータを送るのも簡単じゃない。カハマルカのときみたいにインターネットカフェも使えない」

ガメーはすぐには答えず、前方を見据えていた。「全部がフリーズしてるわけじゃない」

彼女は座席の背にある小型のテレビ画面を示した。そこには〈CNNインターナショナル〉が映し出され、リポーターがインターネットの遮断とテロリストの危険性について生放送で伝えていた。

「ネットワークはいまも生きてる。CNNは自分の衛星を持ってるわ。ワシントンやニューヨークの局とダイレクトにつながってる。あれを一分だけでも拝借できれば……」

最後まで言う必要はなかった。ポールはガメーの狙《ねら》いを察していた。「リスクはあるけど、世界的なスクープを欲しがらないリポーターはいないからね。気前よく約束すれば、手を貸してくれるやつが見つかるかもしれない」

「あとは移動中継車があれば、簡単に包囲できる大きなビルに駆けこまなくてすむかも」

ポールは画面上のリポーターに目をもどした。「見つけるのはそんなに難しくない。この場所がどこかわかる？」

「わたしに？」

「二時間まえにいたところさ。後ろに電視塔のタワーが映ってる。バスを降りて引きかえそう」

ふたりはつぎの停車場所でツアーを離れ、タクシーで電視塔へ向かった。駐車場に着くと大当たりだった。七つのネットワークが中継車を停め、有名な高層ビルを背景に撮影をおこなっていた。

ポールとガメーは車のルーフにある衛星アンテナを見て、豪華な食事が出てくるのを待つときのような興奮をおぼえながら、さりげない足取りで最初の二台の脇《わき》を通り過ぎた。

「これはローカル局の車よ」ガメーがヴァンの側面に描かれたロゴを見て言った。「わたしたちに必要なのはアメリカのネットワーク。ＣＮＮかＦｏｘか……」その声が途切れた。ふたりはつぎの撮影の準備をするリポーターの前まで来た。「ＩＮＮ、〈インディ・ニューズ・ネットワーク〉。これよ。陰謀論を生き甲斐《がい》にしてるネットワーク」

ポールは苦笑した。「そんなのを、きみはいつから見てる？」

「深夜の罪深いお愉《たの》しみにね。これとロッキーロード・アイスクリーム」

「それで空箱が捨ててあったのか。撮影が終わりしだい、あのリポーターをつかまえよう」

ふたりはレンズに映りこまないよう注意しながら、リポーターとカメラマンのほうに近づいていった。観光客らしくあたりをうろつきながら、ポータブルのスポットライトが消え、リポーターがイアフォンをはずすのを待った。

「ナレーションに、さっき飛んでた軍用ヘリコプターのショットを挟んで」とリポーターが言った。「そのほうが面白くなる」

「そうだね」とカメラマンが答えた。

カメラマンが機材の撤収をはじめると、リポーターは中継車の後部へ歩いていった。そして、車に乗ろうとしたところをガメーに引き留められた。「ミズ・アンダーソン、邪魔をしてごめんなさい、わたし、あなたの大ファンなの。フーヴァーダムの下に何が埋まっているかを追ったあなたのドキュメンタリー、夢中で見ました」

メラニー・アンダーソンは、内心の苛立《いらだ》ちをほぼ覆い隠す笑顔をつくった。「ありがとう。でも、こう言ったらなんだけど、わたしはネヴァダに一度も行ってないの。使ったのはみんな資料映像。でも楽しんでいただけてうれしいわ。仕事がうまくいったってことだから」楽しそうにしながらも皮肉を利かせた言い方だった。「サインしましょうか？　それともセルフィの写真？」

「サインをもらえるかしら」ガメーはそう言うと小さなノートとペンを差し出した。

リポーターは受け取ったペンを握り、何を書こうかと考えこむようなそぶりを見せた。ガメーはあらかじめノートに、自分たちの素性と助けが必要なことを書いておいた。リポーターは顔を上げた。「これってジョーク？　ネットワークのやつらの入れ知恵？」

「誓って言うけど」ガメーは言った。「ジョークなんかじゃない。トラックのなかで話をさせてもらえる？」

リポーターは一瞬迷ったすえに、ドアをあけてカメラマンに声をかけた。「チャーリー、一分だけいい？」

カメラマンはうなずいた。ポールとガメーはリポーターの後から車に乗った。

中継車の後部は、積まれているのが医療機器ではなく、コンピュータや制作機材である点を除けば救急車とよく似ていた。

雑然としたなかに小さな椅子が二脚あった。そのひとつにリポーターが、もうひとつにガメーが座った。ポールは頭上にスペースが空くようにしゃがむとキャビネットにもたれた。

「整理させて」とリポーターが言った。「あなたたちふたりはアメリカ政府の秘密機関の職員で、中国政府に追われてる。ここでインターネットと携帯が遮断されたのも、あなたたちにワシントンのボスと接触させないようにするため。そういうこと？」

「実際には、NUMAは秘密機関じゃないけど。大っぴらに活動してるわ」

「聞いたことないわ」とリポーターは言った。

「宣伝してるわけじゃないから」とポールが言った。

「ええ、わかった」とリポーターは言った。「でも、中国政府はどんなことをしてもあなたたちを止めようとしてる。なんなら上海に急ブレーキをかけてでも」

「突拍子もない話に聞こえるのはわかってる」とガメーは言った。

「なぜわたしのところに来たのか教えて」とミズ・アンダーソンは言った。「突拍子もないのはわたしの仕事よ。さいわい、うちのプロデューサーって、ネットワークを最低でも三つ運営できるくらい気のふれたアイディアを思いつく人たちなの。一般人に協力してもらうまでもなく」

「これは売名行為とかゲームじゃないから」とガメーはくりかえし訴えた。「わたしたちは秘密工作員でもスパイでもない。わたしは海洋生物学者で、ポールは地質学者よ。わたしたち、中国の領海内で人為的な――おそらくは中国が原因の――環境破壊の実態をビデオとソナーで記録したんだけど。その行為が上海に着くまえに中国政府に知られてしまったの。彼らはこの情報をなんとしてもワシントンに送らせまいと、あらゆる手段を使ってわたしたちを追跡してるわけ」

「そこまではわかった」とリポーターは言った。「でも、考えてみれば中国は自国の領海内で好き勝手にやってるわ。わたしたちが自分の海でやってるように。そんな産業事故みたいなことをあなたたちが見つけたからって、気にすることもないんじゃない？　何がどうちがうの？〈エクソン・バルディーズ〉や〈ディープウォーター・ホライズン〉の原油流出事故を引き合いに出して、他人のことをとやかく言うまえに自分の庭を心配しろって言えばすむことでしょう」

「普通だったら、わたしもあなたに同意するけど、とにかくあの海域でおこなわれていることは中国沿岸、東シナ海、西太平洋にとどまらない問題を惹《ひ》き起こしてるの。地球全体の海に影響がおよんで、いまは海面の急速な上昇が起きてる。地球温暖化によって一〇年で一、二インチなんて予測はどうでもいいくらいに——一年で一〇フィートの海面上昇、しかもそのスピードが加速してる。海抜の低い島ではもう海水による浸食が現実になっているし、一部の沿岸地域では、半年以内に恒久的な洪水が発生するでしょう」

ガメーの説明を聞くうちに、メラニー・アンダーソンは活《い》きいきとしてきた。「世界規模の洪水」とヘッドラインを思い浮かべるように言った。「被害の規模はどうなる?」

「確かなことはわからない」とガメーは言った。「なにしろ中国政府が調査を妨害しているから。でも食糧生産、気象パターン、さらには国家の安定における海の重要性を多少なりと理解していれば、これが比類なき大災害の幕開けになるだろうってことは想像できるはずよ」

「比類なき大災害。悪くない。あなたは将来、コピーライターになれるかも」

「ミズ・アンダーソン」

「メルと呼んで」

「わたしは真実を話してる」とガメーは言った。「考えてみて。彼らはインターネットと電話を遮断して、上海にあるすべての西側領事館を兵士と警官で包囲したわ。鉄道駅と空港まで閉鎖した。これは何かを入れまいとしてるんじゃなくて、外に出すまいとしているの。その何かとはつまり、わたしたちが持っている情報。いまこのとき、あなたとあなたの衛星アンテナが、その情報をアメリカに送る唯一の希望なのよ」

ガメーは英雄心に訴えようとしていた。ポールは別の戦術を用いた。「これは人生でまたとない記事になる」と彼は言った。「ピューリッツァー賞を獲《と》れる素材だよ。それにもっと大事なことは、大手ネットワークへの道が一気に開けることさ。きみはもう来年は『20／20』のホストを務めるんだ。ビッグフットや宇宙人の誘拐事件はやらずにすむ。もしかして自分の冠番組だって持てるかもしれない」

リポーターは声を出して笑った。「もしかするとね。あなたたちが狂人のカップルじゃなければの話だけど」

「ここにビデオとソナーのデータがあるわ」ガメーはそう言って、ポールから受け取ったラップトップをアンダーソンに差し出した。「あなた自身で判断して」

32

ワシントンDC

ルディ・ガンは突然の呼び出しでホワイトハウスを訪れた。その理由を告げられないというのが、愉快な訪問とはなりそうもないことを暗示していた。

すこし待たされたのち、ガンは大統領執務室に呼ばれ、着席をうながされるまで恭《うやうや》しく立っていた。大机のむこうに座る大統領は、アンティークの老眼鏡をかけて何かを吟味《ぎんみ》していた。その傍《かたわ》らにサンデッカー副大統領の姿があった。

いつもなら、ジェイムズ・サンデッカーの同席は喜ばしいことだった。政界第二位の地位への転身を持ちかけられるまで、サンデッカーはＮＵＭＡの長官を務めていたのである。だがこの日のサンデッカーは厳《いか》めしい顔つきで、かつての上司からは温《ぬく》もりのひとつも感じられなかった。

　大統領は書類を脇に押しやると、眼鏡をはずして机越しに視線を投げた。「ルディ、私がつねづねNUMAの諸君に、とりわけきみのリーダーシップに敬意を抱いていることはおわかりかと思う。だから、こんなことを訊《き》くのは心苦しいのだが……一体全体、きみの部下たちはアジアで何をやっている？」

「失礼ですが、大統領」とガンは言った。「なんのお話をされているのか、よくわからないのですが」

「きみのところの特別任務部門の面々が、日本で派手に暴れまわってるというコミュニケが国務省に殺到しているんだ。地元のギャング一味とのやりとりが目撃され、反政府カルトと結託し、一〇〇〇年もの歴史がある城を焼き払ったとして告発されている。いましがた中国から届いた情報によれば、スパイさながらに入国した身勝手なNUMA職員二名の居場所を特定するため、上海全域が封鎖され、市内には大規模な捜査網が敷かれている」

　ルディ・ガンは、いずれ熱は下がると踏んでいた。「彼らは身勝手ではありません、大統領。海面上昇の件を調べるうえで、世界規模で見られる現象のその原因が中国にあると示唆《しさ》する証拠を追っているのです」

「その任務の途中で、中国の主権を侵害したようだ」

ガンはまじろがなかった。「答えを探すうえで、必要な行動はすべて取れと指示したのは私です。責任は私が取ります」

大統領は不機嫌そうな表情を浮かべた。

サンデッカーが意見した。「申しあげたが、ルディは責任転嫁する男ではありません」

「彼をかばうな、ジム」

「私の庇護《ひご》を必要とする男でもない。彼は率直に話しています」

大統領はあらためてガンの顔を見た。「きみには目下の微妙な状況が理解できるかね？　日米関係がいかにぐらついているかが。中国は一年以上まえから、アジア諸国だけの貿易圏と軍事同盟の一翼を担《にな》おうと全力を挙げている。状況は急速に変化している。九カ月まえ、彼らは第二次世界大戦の戦争犯罪をめぐる論争に終止符を打った。半年まえには条約交渉をはじめた。三カ月まえには、両国の海軍が史上初の合同演習をおこなった。明日は広範にわたる提携の合意文書への署名が予定されている。そして来週には日本の国会で、アメリカとの安全保障条約を維持するか否かの採決が控えている」

「そのあたりの話になると――」

大統領はガンの言葉をさえぎった。「アメリカに矛先《ほこさき》が向くような不祥事が起きれば、火に油を注ぐばかりだ。この七二時間、国粋主義者のウェブサイトでは炎上する古城の動画がくりかえし再生されている」

ガンは大統領の話が終わったと確信するまで待った。「その点について、私にできることは多くないのですが、大統領。城を燃やしたのはうちの人間ではありません。そもそも、火をつけたのは城の住人とわがチームの人間を殺すためでした。殺害の命令を下したのは中国だとわれわれはにらんでいます」

「なるほど」

「上海での活動についてですが」ガンはつづけた。「われわれが調査しているのは、政治的後退や同盟の再編など及びもつかない、壊滅的な事態になりかねない問題です。実際のところ、海面上昇に歯止めがかからなければ、同盟の再編も新条約への署名も、およそ〈タイタニック〉でデッキチェアを並べ替える程度の話になってしまうでしょう」

大統領は手を振ってガンを黙らせた。「海面上昇の話など聞きたくないな。もうジムからさんざん聞かされた。私に言わせれば、きみたちは少々イカれてる」

「ええ、大統領、たぶんそのとおりです」

大統領はしばらくガンを見つめたのち、サンデッカーに目を転じた。「きみはNUMAに頑固者の集団を残してきたんだな」

サンデッカーはにやりとした。「そこが大層自慢でね」

「それでどうなるかだな」と大統領は言った。「ところで、ルディ、この話は説明してもらえるかな」

大統領はそれ以上語らず、リモートコントロールを遠い壁に向けた。一カ所のボタンを押すと、大きなパネルが動いて高解像度のモニターが現われた。

短いビデオが流された。映し出されたのは水中カメラが捉《とら》えた暗い景色である。画像の脇にはさまざまな計測値が表示されている。

「われわれの標準的な遠隔操作探査機《ROV》のインターフェイスです」とガンは認めた。

画像は拙速につないだものらしく、どこかぎくしゃくしていた。堆積物《たいせきぶつ》が攪拌《かくはん》された海中の映像が三秒つづいた。つぎのカットは、海底に連なる円錐形《えんすいけい》の山らしきもののソナー画像だった。山のひとつがクローズアップされると、そこから間欠泉のように水が噴出しているのがわかった。最後に、海底に沈んだ残骸《ざんがい》の画像がつづき、ロボットの白い腕と顔が映し出されて終わった。

「これはどこで入手されたのですか？」とガンは訊いた。

サンデッカーが答えた。「けさ、〈インディ・ニューズ・ネットワーク〉がコメントも解説もなしに放映したものだ。連中はハッキングされたと言ってるが、興味深いことに、画像に先立って一連の数字が表示されてね。その数字をつなぎ合わせると、ポールとガメー・トラウトにあたえられたNUMAのIDコードになる」

「上海で消息を絶ったきみの職員だな」と大統領が言った。

「はい、大統領」

サンデッカーが、すでにガンの頭に渦巻いていた思いを口にした。「彼らを犠牲にしてしまったのかもしれないぞ、ルディ。私はそうするだけの価値があったと思いたい」

「彼らもそう考えたはずです。でなければ、これを送ったりはしないでしょう。この画像の解析はわれわれの手に委ねられています。ポールとガメーを救出することもですが」

「彼らを救い出すつもりはない」と大統領は言った。「われわれは、あの国にいる彼らの存在を認めるつもりもない」

「彼らが拘束された場合、それを否定するのは相当厳しくなるでしょう」とガンは言った。

「一理ある」とサンデッカーが言い添えた。

大統領の顔に落胆と怒りがよぎった。「きみたちはわれわれの立場を難しいものにした」

「その点については謝罪します。ですが、中国側に逮捕されるまえにポールとガメーを救出するのは、われわれ全体の利益となります」

「火に油を注ぐような真似《まね》はできない」と大統領が言った。「われわれの最善策はこの件を重要視せず、一切放置することだ。こちらが気に留めないと思えば、中国も心配しなくなる」

「そうなると、ポールとガメーは墓標のない墓に埋められてしまうことになりませんか」

「中国にはいった時点で、そのリスクは冒している」大統領はフラットスクリーンの電源を切ってパネルを閉じた。「きょうはここまでだ」

海軍に長く身を置いたルディ・ガンは、きつく叱責《しっせき》されたうえに冷たく追われるという仕打ちに馴《な》れきっていた。が、その経歴もこの痛みをやわらげることはなかった。

彼は席を立った。「失礼します、大統領」

「待て、ルディ」とサンデッカーが言った。「そこまで送ろう」

ガンはサンデッカーと並んで執務室を後にした。

「おわかりでしょうが、私は理由もなく彼らを送りこんだわけではありません」ガンはかつての師に向かって言った。

サンデッカーは後ろ手を組み、足早に歩を進めた。「海面上昇に関する調査報告の概要には私も目を通した。その緊急性も認識している。それは大統領も同じだが、彼は両手を政治に縛られてる。フロリダの半分が海に沈むまで、行動を起こす必要性に目を向ける者はいまい」

このゲームのことはガンも知っている。彼もサンデッカーも、そこを突破しようとつねに心を砕いてきたのだ。「座してその日を待つというのは、国民の信頼を裏切ることになります」

「ああ、そうだ」とサンデッカーは言った。「ならば、このビデオから情報を取り出し、われわれにできることを考えよう。曖昧《あいまい》な画像以上の何かが見つかれば、われわれも行動を起こせるかもしれない。少なくとも真実を明るみに出すことはできるはずだ。背後に中国がいると断定できれば、それが正しい方向への第一歩となる。しかし、彼らがどうやってそれを惹き起こし、それがなぜ、どのように悪化していくかを突きとめないことにはな」

「潜水艦を潜入させて、より詳細に調べることはできませんか？」

「無理だな。ポールとガメーがこれを記録してから、中国は巡視の人員を倍増させた。こっちがふたたび領海侵犯をしようものなら、直接的な軍事衝突に発展しかねない」

「そして政治情勢を悪化させる。わかりました」

ふたりは無言でホワイエまで歩いた。ガンはふと足を止め、胸の内を吐露した。

「私は彼らをみすみす死なせるつもりはありません」

サンデッカーは目を瞠《みは》った。「きみの懸念《けねん》はわかるぞ、ルディ。ポールとガメーを機関に呼んだのは私だ。最初の任務に送り出したのもな。しかし現実は受け入れなくてはならない。そこに関して、われわれには選択の余地がないのかもしれんぞ」

ガンはジェイムズ・サンデッカーの叡智《えいち》に依《よ》ってキャリアを積んできた。気づけば人生で初めて、彼は提督とは完全に意見を異にしていた。「私は彼らを見放しません」

「だったら、情勢を悪化させずに彼らを連れもどす方法を見つけることだ」

33

長崎

オースチンは、ポールとガメーの消息について静かに耳を傾けた。それを伝えるルディ・ガンの声はよそよそしいものだった。責任の重さを感じていたふたりだったが、心配や己れの過失についてはおくびにも出さなかった。

「ふたりは帰国できるんですか？」とオースチンは質《ただ》した。

「いま打開策を探ってるところだ」とガンは言った。「それと並行してデータの分析も進めている。ビデオに映っている山は火山に見えるがそうじゃない。吐き出されているのは水だけだ。硫黄《いおう》も砒素《ひそ》も炭素も、火山活動で発生しそうなものはふくまれていない。高温の真水と微量元素だけだ」

「大きさは？」とザバーラが訊いた。「映像からははっきりしないから」

「ソナーのデータによると、いちばん近い山が二〇階建てのビルのサイズだ」とガンは答えた。「他の山は正確にはわからないが、どれも同じくらいだろう」

「放出されている水量は？」とオースチンは訊《たず》ねた。「われわれが目にしてる現象を起こせる量なんだろうか？」

「カメラに最も近い間欠泉を三次元的に解析して、出した流速と噴出量の推定値で計算すると、毎分約五〇万立方フィート。視野を広げて考えると、この噴出口が一〇個あれば、雨の日のナイアガラの滝に匹敵する量になる」

「数はいくつ？」とザバーラ。

「わからない」とガンは認めた。「ポールとガメーが送ってきたビデオ映像には四〇個ほど映っているが、録画のタイムインデックスからみて編集されている。本当はもっと長い動画だったはずだ」

「送られてきたのはハイライトってわけか」

「そうらしい。いま衛星データを引き出しているんだが、どうやら東シナ海で膨張した海面が外へと流れているらしい。それが通常の潮の流れに混乱をもたらしている。あのあたりは、正常な状態なら大きな海流が台湾と沖縄の間を北へ向かう。それがほぼ真東に向きを変えて南に流れているんだ。その複合効果で気象パターンが不安定になり、普段なら晴れの地域に霧が出たり、乾燥している地域に暴風雨が発生したり、中国の一部に季節はずれの雪を降らせたりしている。北への流出は相当な量で、ベーリング海峡に至るまで水温と塩分濃度の変化が検知されている。日本海は急速に淡水化が進んで、あと一、二カ月もすれば淡水湖と大差がなくなるだろう」

「その水はいったいどこから?」

「それをいま解明しようとしているところだ」とガンは言った。「しかし、本当の答えを出すには——この事態を食い止めるというのはもちろん、最低でも被害の規模を想定するには——中国があそこで何をしていたかを把握する必要がある。そこでつぎの質問だ。そちらに進展は?」

オースチンは、ウォルター・ハンにたどり着くまでの複雑な道程を説明するとともに、対面したハンを動揺させることができなかったと話した。「ハンについては、命《いのち》乞《ご》いをしてきたヤクザの下っ端から話を聞いた程度で」

「きみは自分で思う以上に探ったのかもしれない」とガンは言った。「いまきみの報告書に目を通してる。彼の会社の事業内容はロボットの設計・製造とある」

「そうなんだ」

「ポールとガメーが送ってきたビデオから静止画像を送る」

オースチンはコンピュータのモニターを見て着信を待った。送られてきたリンクをクリックすると、映し出されたのは〈レモラ〉のカメラが記録したロボットの腕と肩と頭蓋《ずがい》の画像だった。

「見憶えはあるか？」とガンが訊ねてきた。

「大ありだ。どうやら、ジョーの未来の妻には双子の姉妹がいるらしい」

「いい、いたのさ」とガンは訂正した。「このロボットは異変が起きている付近で、ポールとガメーが発見した谷底に埋もれている」

「そんなとこで何をしてたんだろう？」

「深海で採掘をおこなっていたようだ。周囲にはブリキ缶のように潰《つぶ》れた居住施設の残骸が大量に残されている」

「掘っていたのは何だろう？」とザバーラが訊いた。

「残念ながら不明だ。しかし、それが何であるにせよ、価値あるものにちがいない。われわれの経験からして、水中での採掘には地上の採掘の五〇倍から一〇〇倍の費用がかかる。言い換えると、そこでプラチナや金の鉱脈が見つかっても、放っておくのが得策ということだ。掘り出すコストで赤字が出てしまうからな」

「すると、金より値が張るものってことか」

「そこは地質学部門が調査中だが、いま現在、その作業は難航している。価値に見合うものは見つかってない」

「中国も同じ結論に達したんじゃないのかな」とザバーラは言った。「見棄《みす》てられた場所に見えるけど」

「そうだな。映像では再建を試みている様子は皆無だ」

オースチンは椅子に寄りかかった。納得がいかなかった。彼はアキコを見た。「ケンゾーが最初にZ波や震動に気づいたのはいつだった?」

「一年ほどまえ」とアキコは答えてオースチンの記憶を裏づけた。

オースチンはガンのほうに目をもどした。「そっちのインターネットのほうが速いと思うんだ、ルディ。ひとつ、CNRが法人化された時期を調べてもらえないだろうか」

ややあって、ルディ・ガンが回答を出してきた。「パートナーシップが発表されたのは一一カ月まえ」

オースチンはうなずいた。「では、中国が突如日本に手を差し出し、関係改善を求めた時期は?」

「これも一カ月まえだ。もっと言えば、最初の接触があったのはＣＮＲの法人化の日と一致している」

オースチンは、答えの中心部分は見えないまでも、その輪郭がつかめた気がしていた。

「中国だって遺棄した鉱山を隠したり、作業の失敗の上塗りをするのにここまでトラブルは起こさないだろう。彼らが真実を隠蔽《いんぺい》するのは作業が継続中だからだ。それが海の底から日本列島にシフトした」

「それはまた大きな飛躍だな」とガンが言った。

「ぼくはそうは思わない。役者はここに勢揃《せいぞろ》いしている。ハンと彼のロボット。中国の外交官。新幹線並みのスピードで進む日中の歩み寄り。すべて中国サイドが進めた話だ。第二次世界大戦で日本がおこなった侵略にたいして、謝罪と賠償を七〇年間も求めつづけてきたすえに」

「何を言いたいんだ?」とザバーラが訊いた。

「自分たちが水中の峡谷で探していたものが、ここ日本で、もしくは日本の水域で見つかると彼らは考えてる。ハンは中国政府の手先。外交の進展はその下で進められている作戦の隠れ蓑《みの》。ＣＮＲは探し物を見つけたときに使う道具だ」

「その探し物とは?」

「知りようがない」とオースチンは認めた。

「きみの説は地質学チームに伝えておく」とルディが請けあった。「もしかすると、なんらかの可能性を導き出せるかもしれない。私が優先するのはポールとガメーを連れもどすこと、そして海の底で中国が見つけたものと、洪水を止める方法を突きとめることだ。どの目標にしろ、それを達成するにはウォルター・ハンに圧力をかけるしかない」

「了解」とオースチンは言った。

「われわれが干されることになろうが構わない」とガンはつづけた。「むこうの狙いを探ってくれ。工場に押し入って、力ずくであの男を拉致《らち》してもだ」

「そこまで極端なことをしなくてもすみそう」とアキコが言った。

オースチンは振りかえった。アキコは彼の電話を手にしていた。画面にメッセージが表示されていた。「たったいまメッセージが届いたわ」とアキコは説明した。「ウォルター・ハンがあなたをディナーに招待してる」

34

「罠《わな》だな」とザバーラが言った。「そんなことはわかってるって?」

「もちろん罠だ。でも、いい兆しだ。思ってた以上にハンを揺すったってことだからな。それに、あの工場の内部を見学できるならリスクを冒す価値はある」

「やつだって、自分に不利になるものは見せないさ。しかし、むこうの家に乗りこんだとたん、厳しいお仕置きってことになるかもしれないぞ」

「そこは避けようのないリスクだ。それに面会を強要して今夜しかないと言い張っておきながら、招待を断わるのは無礼だろう」

「たしかに無礼だ。でも賢明ではあるな。それを分別と呼ぶ人間もいる」

オースチンは笑った。「いつからおれたちの切り札に分別がくわわった?」

ザバーラは笑みを返したが、アキコは不安そうにしていた。「信じられない、ふたりともこんな場面をジョークにするなんて。殺されるかもしれないのよ」

オースチンは首を振った。「出来立ての工場に招いておいて、見学ツアーの途中でバラすなんてことはないだろう。最悪、何らかの形で遠まわしに脅してくるか、生焼けの料理でもてなすかってところだ。北風じゃなく太陽でいくのが好きな相手なら、買収を持ちかけてくるかもしれない」

「予測できないことだって起きるわ」とアキコは食いさがった。

「だから、きみとジョーには残ってもらう」

「ついにイカれたか?」とザバーラが言った。「あんたひとりで罠に向かわせるわけにはいかないな」

「おれが災難に巻きこまれたとき、助けを呼ぶ相手が誰かいないとな。丘の中腹に工場の敷地を見渡せる場所がある。内部までは見えなくても、トラブルの有無は監視できるし、おれが門限を破ったときには緊急通報をしてもらう」

ザバーラは顔をしかめた。「つまり、あんたが楽しみを独り占めして、おれはじっと待ってるわけか」

「わたしは連れていったほうがいいわ」とアキコが言った。「わたしの仕事はケンゾーを護《まも》ることだった。いまはあなたを護ろうと思ってる」

オースチンは微笑した。「申し出はありがたいんだが、今回はひとりでやれそうだ」

「本当に？　彼らが英語じゃなく、日本語や中国語でしゃべりだしても？　何を話しているか知りたいんじゃない？　彼らはあなたを陥れたり、あなたに理解できない秘密をささやくかもしれない。わたしならそれを聞き取れるし、同時にあなたの背後を警戒できる」

「レディに一点」とザバーラが言った。

アキコは説得をつづけた。「必要なら、男の気を惹くのは得意よ。それで闘いになっても、自分の身は自分で守れるから」

オースチンはうなずいた。「そこは疑う余地がない」戦闘は想定していないが、言葉の障壁は否定できない。それにアキコを連れていけば、ハンには少なくとも悩みがひとつふえる。「降参だ。でもそれなりの服が必要だな」

長崎のブランドショップをめぐったオースチンとアキコがディナーにふさわしい身なりをととのえると、ＮＵＭＡの銀行預金口座は数千ドル分軽くなった。

オースチンはダブルのディナージャケットにフレンチカフスの象牙《ぞうげ》色のシャツを合わせた。隣りに座るアキコはビーズの花模様が複雑に刺繡《ししゅう》された、光沢があるグレイのドレスを身に着けていた。ネックラインからは両肩がのぞき、袖《そで》は手首を優美に隠している。

「こんなドレスは初めて」とアキコが言った。

「息を呑《の》む美しさだ」

「あまり着心地は良くないけど」

オースチンはこっそり笑った。「たぶん着心地の良さは優先じゃないんだろう」

スカイラインGT‐Rをザバーラとともに残して、ふたりはレンタルしたセダンを工場まで走らせた。敷地内にはいると、エントランスの扉から七〇フィート離れた照明灯の下に車を寄せた。昼間の群衆が去り、閑散とした駐車場は廃墟《はいきよ》のようだった。

車を降りる直前、アキコはバッグからカーボンファイバー製の薄いナイフを取り出した。レターオープナーのような鋸刃《のこば》のナイフで、アキコはそれを片方の袖にそっと滑りこませた。

「備えるのが好きなの。あなたも何か持っていたほうがいいわ」

オースチンは金属製の筆記具を掲げた。「ペンは剣よりも強しが信条なんだ」

「それは誤解よ」

「先端をひねると、彼らの言動がすべてジョーに送信される」

「政府に支給された秘密のガジェット?」

「実はきみがドレスのフィッティングをしているあいだに、通りの先の電器店で手に入れたのさ。二〇〇〇円だ。いまの為替《かわせ》レートで二〇ドル足らず」

オースチンはペン先をひねった。「いま現場にいる、アミーゴ。見えるか？」

車のスピーカーからザバーラの声が返ってきた。「さえぎるものがない眺めだね。そっちがなかにいるあいだは車を見張ってる。おれがいないとこであまり楽しみすぎないように」

「最善を尽くす」とオースチンは答えた。

オースチンはペン先をひねって通信を切った。ふたりは車を降りてドアをロックすると、エントランスに向かって歩いた。警備員に建物内へと案内され、工場のフロアでハンに出迎えられた。

「時間をつくっていただいて大変恐縮です」とオースチンは言った。「こちらはアキコ。日本駐在のNUMAの渉外担当です」

ハンはお辞儀をした。ひとしきり視線をアキコに漂わせると自分の助手を紹介した。

「こちらはミスター・ガオ、うちのチーフエンジニアです」

ガオの剃《そ》りあげた頭に天井の照明が反射していた。地味なズボンに白いボタンダウンシャツ、分厚いレンズを入れた眼鏡をかけている。オースチンはそのレンズに緑色の小さなアイコンが点滅していることに気づいた。フレームから伸びた一本のワイアが、イアフォンを経由してベルトのパワーパックにつながっている。眼鏡は明らかにウェアラブル・コンピュータで、点滅するアイコンはガオだけに見えるヘッドアップ・ディスプレイだった。

ガオが首から下げたメダル形のごついバッジは、両側に小さなボタンが何個も付いており、LEDライトがふたつ点滅していた。メッシュ状になった窪《くぼ》みにはマイクとスピーカーが埋めこまれている。胸ポケットにはペン数本に懐中電灯、レーザーポインターが差してあった。上腕に巻かれた別の電子機器はおそらくフィットネスモニターだが、オースチンには確信がなかった。

アキコはガオに、まるで死病に憑《つ》かれた者を見るような目を向けた。「ほとんどアンドロイドね」と彼女は低声《こごえ》で言った。

「きみを見る目つきは、一度のキスのために電子機器を全部湖に投げこみそうな感じだったよ。人肌の誘惑は案外強烈かもしれないな」

それを聞いて、アキコは態度を一変させた。オースチンでも丸めこまれかねない熟練の技でガオに色目を使った。

しばらくは雑談がつづいた。「ディナーは重役用のダイニングルームに用意させています」とハンが言った。「まずは施設をご覧になりたいのでは?」

「ぜひそうさせていただきたい」とオースチンは言った。

一行はハンの案内で広大な工場のフロアを進んでいった。すでに通常の操業時間は終わっていたが、何十台という機械がいまも稼働していた。フロアを自在に動いては施設内のセクションからセクションへと部品を運ぶものもあれば、製造ラインで溶接や部品の組み立て作業をおこなう機械もあった。

「ここでは何を造っているんです？」とオースチンは訊いた。

「ほかの工場用のロボットです」

「機械が機械を造り出す。自動化された繁殖だ」

「まだまだですよ」とハンは答えた。「設計と生産作業は人間の従業員の仕事です。ま、それもいずれは自動化されるでしょう」

「人間の従業員？」とアキコが疑問を口にした。「ロボットも従業員とみなしているということですか？」

「それは言葉のあやですよ」とハンは主張した。「事実、ロボットは最も退屈で危険な職業から人間を解放してくれる。機械がこなすのは、大半が人がやりたがらない仕事です。同じ五本のネジを締めて、一〇カ所に同じ溶接をするという作業を一日一〇〇回、死ぬまで毎日くりかえすとか、人間の限界に近い温度のなか、死亡事故が頻発する危険な暗い地下坑道で壁を削り出すとか。わが社では、勇敢な警官や兵士に代わって銃弾を受け止める機械も製造しています」

「兵士のロボット？」とオースチンは訊いた。

「そんなところです」とハンは答えた。

「見せてください」

ハンは工場のフロアを突っ切り、さらに広い空間へとふたりを導いた。眼下に広がるフロアは巨大なコンベンションホールさながらだった。フロアの端から端に渡された橋上を歩きながら、彼らは実物大の模型や試験場を視察した。

厖大《ぼうだい》な数のハイテク機器は見る者を圧倒した。そこかしこに明るく光るスクリーンが置かれ、大小の機械がさまざまな作業をこなしていた。

壁に囲まれた区画の上で立ちどまると、屋根のないアパートメントの模型を見おろす格好になった。「デモンストレーションをはじめてくれ」とハンが言った。

ガオがアームバンドに取り付けたデバイスを引き寄せ、その画面を何度かタップした。すると明かりが点《つ》いて下の様子が照らし出された。一ダースものマネキンが散在している。何体かは物陰に、ほかは開けた場所にあった。中央に人間の従業員がひとり立っていた。「標準的な人質立てこもり事件です」とハンは言った。「テロリストが八人に人質が七人」

軌道上を進んだ機械が、小型の破壊槌《はかいつい》で建物の玄関を突き破った。内部に進入した機械に、武装したテロリストのマネキン数体が銃火を浴びせた。装甲板に当たった弾が火花を散らした。

「実弾ですか?」とオースチンは訊ねた。

「もちろん」とハンは答えた。「火薬の量は抑えています。跳弾で死人を出したくはありませんから」

「下にいる従業員は?」とオースチンは質した。「撃つ相手ではないと、機械はどのように判断したんですか?」

「彼は首からIDを下げています。それがロボットに撃つなと命じているんです。同様のツールが人間とロボットの合同攻撃にも使えます。ロボットの使用で、銃撃による味方の死者数は九五パーセント削減できるでしょう」

「すばらしいな」

破壊槌のロボットにつづき、武装した他の機械も建物にはいった。車輪ではなく六本足を使い、あらゆる障害物も難なく乗り越えていった。すばやい狙撃《そげき》でテロリストの第一波を沈黙させ、さらに奥へ進んでいった。

「熱センサー、音波探知器、カメラを組み合わせて標的を捜します」とハンは言った。「たがいの意思疎通もおこなっています。一個が手に入れた情報はすべてに共有されます」

前進していた機械が一旦停止し、隣室の壁を通して熱出力を感知すると、そこに突入した。銃撃戦は瞬《また》く間に終了した。

「そして、ご覧のとおり」とハンは言った。「テロリストは全滅し、人質は救出される。誰ひとり撃たれた者はいません」

オースチンは感心していた。「機械はどうやってテロリストと人質を判別しているんだろう」

「われわれは識別機能と呼んでいますが、既知の人質の顔認識パターン、熱センサー、銃の所持の有無を判断する武器認識プログラムの組み合わせです」

「たいしたものだ」

「あとは破損したものについては修理や交換が可能です。マシンが壊れて嘆くこともありません」

傍らにある端末が交戦の報告書をプリントアウトしてきた。ハンはそれを説明した。

「ロボットには合計二一発が被弾しました。二機が軽い損傷を受けている。人間の警官や兵士を使って同等の作戦を実行したら、隊員数名と人質は最低半分が命を落としているでしょう。この事実は揺るぎない」

「テロリストの本拠だと話はちがってくるだろうな」とオースチンは冗談めかして言った。

「この手の〝ウォーボット〟は、兵士に代わって戦場で最も危険な任務をこなしますよ」

「ウォーボット？」

「ぴったりの名前でしょう？」

「でも、これは警察用のデモンストレーションだ」とオースチンは指摘した。

「ええ。しかし最終的には、機械の軍隊は世界の最も危険な地域での戦闘に投入されることになるでしょう。頑丈で殺傷能力にすぐれ、信頼性も高い。睡眠も食事も医療も必要とせず一日二四時間、週七日戦える。戦死者や巻き添え被害を低減して、負傷や心的外傷を負った兵士とその家族が戦後数十年にわたって抱えることになる苦痛を一掃します」

「当然ながら、敵側には死者が出る」

「そうでもない。ロボットはより正確なものであると同時に、民間の巻き添えを抑制するという意味でより人道的なのです。ロボットには感情がありません。仲間を殺したからといって捕虜に復讐《ふくしゅう》することはない。戦争の恐怖に正気を失い、無差別殺人をはじめることもない。レイプや拷問《ごうもん》も、窃盗《せっとう》や掠奪《りゃくだつ》もやりません」

オースチンはうなずいた。この点については双方の言い分を聞いたことがある。ロボット兵士がコントロール不能になることを恐れる者がいる。翻《ひるがえ》って人間の兵士は感情的になったり緊張したりして、自制を失うと指摘する者がいる。何事もそうだが、現実は蓋《ふた》をあけてみるまでわからない。

四人はさらに視界の利く場所に移動した。下のフロアでは、大量の機械が高速道路の一部分を建設していた。一台がジャックハンマーでコンクリートを砕くと、別の機械がそれをすくって無人トラックに積み込み、トラックは難なく三点ターンをしてコンベンションホールの遠い端にある扉の外まで運び出していった。

「ロボット部隊は何十年も先の話ですが、自動運転車はすぐそこまで来ています」

「すでに使われてますね」とオースチンは言った。

「わずかですが」とハンは認めた。「しかしつぎに来る波は、いまあるものをはるかにしのぐことになります。CNRでは無人のレーシングカーも開発中です。世界一のレーサーたちと伍《ご》して、いずれあっさり勝利するでしょう」

「遠隔誘導で?」

ハンは首を振った。「自動運転です。操縦は完全にノーアシストで、判断と決定は車自身がやります」

「市街を走らせるにはそれでいいとしても、車の能力の限界まで高速でトラックを走らせるのは、まったく別の話だ。ぼく自身、何度かレースに出てますが、現実には途方もなく危険な計画ですよ」

ハンは即答した。「お言葉ですが、ミスター・オースチン、食物連鎖の頂点に留《とど》まりたいというあなたの熱い思いはともかく、いまや人工知能を搭載したロボットは想像しうるすべてのタスクで人間を凌駕《りょうが》しつつありますよ。いずれ戦闘機を操縦し、船の指揮を執り、海底に沈んだ難破船を引き揚げるようになるでしょう。そしてそう、レースで車を走らせるようにもなる。しかも、そのすべてを卓越した手腕でこなすはずです」

オースチンは黙って話を聞きながら、それ以上にハンを観察することに興味を向けていた。妙にすばやく口をついて出たその答えには、かすかな熱が感じられた。オースチンが機械のことを訊ねるまで、ハンは氷のように冷たかったのだ。速射砲さながらの反応、鼻孔のかすかな膨らみ、目尻《めじり》にできたカラスの足跡がオースチンに確信をあたえた。ついに押すべきボタンを見つけた。オースチンはそこをしつこく押した。

「いずれはそうなるんだろうが」オースチンは見下すように言った。「しかし、ロボットがレース場で人間に勝つころには、われわれはどちらも老人だ。機械にできることはたくさんあっても、判断力は欠落したままじゃないかな」

ハンはふと口をつぐみ、にやりとした。「その仮説を確かめてみませんか?」

「いいですね。何をやるんです?」

「工場の敷地内にレースコースがありましてね。ガレージにはロボットカーの試作品と、まだ人間のドライバーを必要とする車が二台ある。もしご自身で試そうというつもりがおありなら、せっかくなので賭《か》けをしましょうか」

「その話、乗りますよ」とオースチンは言った。「でも、あなたは億万長者で、私は定収入で暮らすしがない公務員だ。賭けるのは金銭以外にしてもらいたいな」

ハンは歯を見せて笑った。「あなたが勝ったら、CNRはあなたの探査行に使えそうなロボット車輛《しやりよう》を喜んで提供します」

「負けたら?」

「簡単です。その機械が人間より優れていると認めてくだされればけっこう」

35

オースチンが期待していたのは車内にロールケージを入れ、レース仕様のタイヤを履き、不要なものすべてをフレームから除いて軽量化をはかり、レースコース用のチューンを施したハイエンドのスポーツカーだった。が、ガレージに足を踏み入れて目に飛び込んできたのは、それよりもはるかに実験的な三台の車輌だった。

「トヨタ車です」とハンは言った。「といっても、あなたの地元のディーラーでは見つからないような代物《しろもの》だ」

「見つけても、手に入れる余裕はなさそうだ」

「でしょうな」とハンは同意した。「去年、ル・マンに参戦した車の代車です。ツインターボのV6エンジンで九六八馬力を発生する。ただし、われわれの目的に合わせて七〇〇馬力に抑えてあります」

「それだけあれば充分だ」

オースチンは艶《つや》やかなオレンジと白でペイントされたマシンに近づいた。車自体はエンジニアリングアートの作品のようだった。フロントエンドは凶暴な面構えで、尖《とが》ったノーズから左右のフェンダーにつづくカーボンファイバーのパネルは、高性能タイヤを包んで曲線を描き、そこから過ぎた波を思わせて沈んでいく。ティアドロップ形のコクピットはぴったりセンターに収まり、優雅に湾曲するウインドシールドが前方の視界をパノラマのように確保する一方、後部には車体を安定させるための大きなウイングと三枚の垂直尾翼が取り付けてある。「知らないで見たら、こいつは空を飛ぶって言いたくなるな」

「機嫌が悪いと本当に飛びますよ」とハンが警告した。

「気をつけよう」

三〇分後、レーシングギアに着換えたオースチンは運転席にいた。耐火性のスーツに五点式のハーネス。ヘルメットをすっぽりかぶると、あとは闘いの時を待つばかりだった。

オースチンの体格にフィットするコクピットは、アルミビレットに緩衝材を巻いたロールケージに取り巻かれていた。左側のプラットフォームには数個のトグルスイッチ、着脱可能なステアリングホイールは、オースチンの手には明らかに小さかった。

エンジンをふかすとV6ツインターボが車体を震わせた。

ハンの助手が自動運転車の準備を進める間に、オースチンは装置の扱いに馴れていった。ペダルの並びがやけに近く、やろうと思えば片足でアクセルとブレーキが踏める。これはある種の操作では役立つが、うっかり踏んでしまう事態は避けたい。パドルシフターはすぐ手が届くところにあって操作も簡単だった。スイッチを弾《はじ》くと強力なヘッドライト四基が前方のコースを照らし、黒い舗装路面にオレンジと白のスピード防止帯《ランブルストリップ》を浮かびあがらせた。

「ロボットはこのコースをよく知ってます」とハンは言った。「公平を期して、あなたには先に五周走って馴れていただく。コースに出て飛ばしてみてください。壁や長崎湾には突っ込まないように。いちばん奥のターン5は危険で有名です。外下がりになっていてグリップを失いやすい。フェンスにぶつかると飛ばされて、その衝撃を生き延びられたら幸運だ」

ハンは車内に手を伸ばし、後付けのスイッチを二個弾いた。「これでテレメトリーがオンになります」とハンは言った。「こちらはナビゲーション・ガイダンス・アラート」

「ガイダンス?」

「携帯電話みたいなもんです、はるかに正確ですが。あなたが驚かないように、どのターンが近づいているか、どれくらいの曲がり具合かを教えます。隣りにナビゲーターがいるようなものです」

「普通の道ではわずらわしいだけだが」とオースチンは軽口をたたいた。「きっと助けてもらうことになるな」

ハンが後ろに退《ひ》くと、メカニックのひとりがカーボンファイバー製のドアを下ろして親指を立てた。オースチンは車をコースに出すと、最初の二周でコースのレイアウト、ナビ・システム、ステアリングに直にはっきり伝わってくるフィーリングに馴れていった。

三周めのラップで、街の灯《ひ》が煌《きら》めく長崎湾沿いのバックストレートで時速一〇〇マイル超を出した。ターン5ではかなり速度を落としたが、右に傾いた姿勢で左にカーブしていくので、コースアウトして海に落ちそうな感覚を味わった。残る二周でラップタイムをすこしずつ更新し、ピットにもどってレースに備えた。

オースチンはハンのクルーたちから三〇フィート離れて車を停めた。彼らが準備していたのはオースチンと同じ車種の青／黄色バージョンで、塗装の色や車体全面に描かれたＣＮＲのロゴマーク、それと余分に立つアンテナを除けば二台の車は瓜《うり》ふたつだった。

オースチンはドアを跳ねあげた。夜気はひんやりしていたが、コクピットはすでにうだるほどの暑さになっている。彼は新鮮な空気を求めてヘルメットを脱いだ。

するとアキコが近づいてきた。「わたしの英雄をめざすの？」

「きみの英雄？」

「テクノロジーとの壮大な闘いに勝利して、人類の大義を守る」

オースチンは苦笑した。「そのつもりだが、正直、いまはホストの鼻を明かすこと
に必死でね。ぼくがコースに出てるあいだ、やつから目を離さずにいてくれ」

アキコは身をかがめてオースチンにキスをした。「幸運を」

ロボットカーのエンジンがかかって唸りをあげると、ハンがオースチンのほうにも
どってきた。「準備は？」

「いつでも」

「よろしい。さっさとやりましょう。嵐《あらし》が近づいてきてるし、雨のなかに二台を出し
ておくのも厭《いや》なので」

オースチンはうなずいた。

「レースを楽しんで」とハンは言った。「先にフィニッシュラインを通過したほうが

勝者です」

オースチンはヘルメットをかぶり、ハーネスを締めてうなずいた。ドアが閉じられ、二台はオースチンが三〇フィート先行する格好でスタッガード・フォーメーションを取った。

コース脇に設置されたポールで、ライトが赤《レッド》から琥珀《アンバー》に、そして琥珀……琥珀……と来て緑《グリーン》に変わった。

すばやくピットを出たオースチンは、さっそく車の性能を引き出した。スタッガードでスタートしたおかげで、二台は狭い出口でぶつかることなくピットを後にした。オースチンはこれまでのラップを上回る速度で最初のターンにはいった。

「右、七〇」とナビゲーション・システムが告げた。

ブレーキを強く踏むとタイヤが地面をつかみ、身体がハーネスに押しつけられるのを感じた。オースチンはなめらかにステアリングを切り、オレンジと白のストリップぎりぎりでカーブを曲がるとターンの出口でアクセルを踏みこんだ。

車がすかさず前方に飛び出し、オースチンはシートに叩きつけられた。その感覚は、乗客として搭乗したF／A‐18ホーネットが空母から飛び立ったとき以来のものだった。

「シケイン、左」とナビが言った。

思い切りブレーキを踏んで一気に減速した。ステアリングを左に切り、右にもどす。このコースで最も速度が落ちる箇所で、その先には短い直線と別のターンが待っていた。

「左、四〇」

取り回しが容易なこのターンは、出口で若干スリップしたものの減速せずに抜けることができた。

「右、三〇」

試走ではうるさく感じたナビだが、車とドライバーの反応を最大限まで引き出すのに驚くほど役立っていた。絶妙のタイミングで合図を出してオースチンの目をカーブの頂点に向けさせ、同時進行中のあらゆることに対処する余裕をあたえてくれた。

ターン4を出てアクセルを踏み、すかさずギアを上げた。バックストレートは長丁場で、最初は上り、誰もいない視察用の橋をくぐるとターン5までは下りになる。

「左、七〇、外下がり《オフキャンバー》」

ブレーキを強く踏みこみ、顔の前面に血が集まるのを感じながら、車体を大きく振ってターンに突っ込んだ。これまでのラップ同様、車がドリフトするのを感じた。重力の見えない力によって、フェンスと長崎湾のほうに引き寄せられていく。オースチンはターンの内側を見据えた。車はドライバーの視線の先に向かっていくからだ。ラップの残りを余裕でこなし、オースチンはロボットカーに九秒の差をつけてスタート／フィニッシュラインを走り抜けた。

「一周、あと四周だ」とオースチンは口にした。

ピットエリアの上層にあるスタンドで、ハンがオースチンの車を追走する一〇〇〇万ドルのロボットカーを見つめていた。悔しいことに、二周めは一周めより時間を要して、フィニッシュラインの通過タイムで一〇秒以上の差をつけられている。ハンはガオに目を流した。「何か問題があるんだろう。なぜオースチンに先行を許してる？」

「車に問題はありません」とガオが答えた。「オースチンの車は五周を走ってタイヤが温まっていますので。われわれの車はゴムが冷えています。冷えたタイヤはカーブでのグリップが弱く、コンピュータが速度に制限をかけています。三周めで足もとの状態は同等になります。四周めで追いつき、フロントストレートでパスします。レースの終了時には二〇秒は先行するでしょう。楽勝です」

「そうなればいいんだが」とハンは言った。「私は恥をかかされるのが嫌いだ。念のため、セーフティ・プロトコルを切れ」

ガオは問いかけるような視線をボスに向けると命令に従った。一個のスイッチが弾かれたことで、自動走行車は安全走行のパラメーターを無視し、勝利に徹すべしという指示を受けたのである。

36

コクピットのオースチンには、三周めもそれまでの二周と同様の展開に思えた。だが四周めになると、ロボットカーは目に見えて差を詰めてきた。ヘッドライトの眩《まぶ》しい光が、絶えずオースチンの車のミラーに映るようになった。ダイアモンドばりに白い四個の輝点が、獲物に追いすがるハンターの接近を知らせていた。

まばゆい白光は攻勢を仕掛けてくるばかりではなかった。オースチンの暗視能力に影響が出はじめた。瞳孔《どうこう》が収縮して、自車のヘッドライトが照らす範囲外はほとんど見えなくなった。

後続車のヘッドライトはさらに近づき、オースチンの運転から正確さが損なわれていった。ターン1とターン2でいくぶん膨らんだあと、シケインではストリップに激しくタイヤを取られた。

自分に苛立ちながらつぎのターンの出口でアクセルを早めに踏むと、車は制御を失いかけ、あやうくスピンしそうになった。情緒というものがないコンピュータ制御車はその手のミスを一切犯さず、二台の差は四秒に縮まった。

「右、三〇」とナビが告げた。オースチンは感情を抑えてそれまでの運転を取りもどした。なめらかにステアリングを切り、加速しながらターンを抜けると、今度はレッドゾーンまで上げてギアをシフトしていった。

ロボットカーはいよいよ差を詰めてきた。

二台は危険なカーブに向かってバックストレートを爆走した。ロボットカーのノーズがオースチンの車のリアウイングに接近したことで、ヘッドライトに眩惑《げんわく》されなくなった。いまやロボットカーはオースチンに追いつき、一気に追い越そうとしている。オースチンに打つ手はなかった。

「おい」とオースチンは言った。「抜くなら、おれを避けてくれ」

「左、七〇、オフキャンバー」

ターン5がみるみる近づいてくる。ブレーキを踏むしかなかった。オースチンはカットインしてブレーキを踏んだ。

ロボットカーも同じようにしたが、オースチンのブレーキのタイミングが若干早かった。ロボットカーのノーズがオースチンの車の後部にぶつかった。

前方に押し出されたオースチンの車は進路をはずれた。一瞬スリップしかけたが、オースチンのハンドリングでふたたび路面をグリップしたトヨタは、その一鞭《ひとむち》で体勢を立てなおした。

オースチンはアクセルを目一杯踏みこむと、コース奥のホースシューカーブを曲がりきってフロントストレートにもどった。

追突時の衝撃で後れをとったロボットカーが再度追いあげてきた。が、直前のラップほどの速さはなかった。ノーズを損傷して空気力学的な影響をこうむっていたのだ。オースチンのほうにはそれとわかるダメージはなかった。

フロントストレートを疾走し、轟音《ごうおん》とともにピットとスタンドの前を通り過ぎた。オースチンはプラットフォームに立つハンとその助手に目を流した。「人間のドライバーのほうが無茶をやる……」

プラットフォーム上では、ハンが口角泡を飛ばさんばかりの勢いだった。「レースに負けるなと言ったはずだ」

ガオはテレメトリーを確認していた。「私にできることはもうありません。セーフティを切れとおっしゃいましたが、あれは危険です」

「やつを抜け、ガオ」

「バックストレートでもう一度試みるでしょうが、オースチンは最速ラップを更新しつづけています。呑みこみが早い」

「だったら、むこうに手を貸すのはやめるべきだろう」とハンは言った。

「といいますと？」

「ナビゲーション・システムを切れ」

「彼はアナウンスを待っていますから、壁に激突します」

「あれは人間が機械に勝つことを証明したがっていた。自力でやらせればいい」

ガオは息を呑んだ。「ここで殺してしまったら、アメリカ政府が疑いを深めます」

「事故ならそうはならない」

「ウェンから、生かしておけと言われてます！」とガオは反論した。「生贄《いけにえ》として利用するためだと」

ハンから憤激がほとばしった。彼はガオの襟首をつかんだ。「言われたとおりにしろ！　ナビを切れ」

ハンから身を振りほどくと、ガオはレースコースを見やった。オースチンはシケインを抜け、ターン４に向かっていた。ガオは数秒待ってリレースイッチをオフにした。

ハンの車がふたたびテイクアウトを仕掛けてくるのはわかっていたが、オースチンに勝負を降りる気は毛頭なかった。これまで以上にハンを負かそうと決意していた。

彼はコースの前面に位置する馴れたターンを、忍耐とほどほど抑えた強引さでもって抜けていった。彼のオレンジと白のトヨタは、今回は完璧《かんぺき》なカーブを描くと高速で坂を駆けのぼった。

「右、四――」ナビのアナウンスが妙なところで途切れた。

オースチンは内輪をストリップに当ててターンに飛び込み、トップスピードに近い速度でカーブの頂点を過ぎた。バックストレートに出るとエンジンを限界まで回転させ、タコメーターの針をレッドゾーンに入れて夜の闇《やみ》を切り裂いていった。

オレンジと白のストリップがすさまじい勢いで飛び去っていった。長崎湾の水面に灯が揺れ、後方からはロボットカーが刻一刻と接近してくる。

人のいない橋をくぐると、名うてのターン5が迫ってきた。背後にエンジンの咆哮《ほうこう》が聞こえた。オースチンは指を軽くステアリングに置き、ナビの声と同時にアクセルからブレーキに踏み換えようと構えた。

ナビのアナウンスがないことに気づくのに数分の一秒。オースチンの目がそれまでの周回で出来たスリップ痕《こん》を捉えた。瞬時に脳内で出した結論は――速すぎる、近すぎる。

オースチンはブレーキを思い切り踏んだ。アンチロックシステムのおかげで完全なスキッドは免れたが、タイヤの摩擦で生じた青い煙がコース上に充満した。肩に食いこむハーネスに呻《うめ》きながらもステアリングを切り、ブレーキを踏みつづけた。トヨタはたちまち減速してドリフトをはじめた。爆弾が炸裂《さくれつ》したかのようにタイヤスモークが広がり、壁が間近に迫った。

ほかにどうすることもできず、オースチンはコントロールを取りもどそうとブレーキから足を離し、アクセルを踏みこんだ。車はスキッドをつづけたが、かろうじて地上に留まっていた。ようやくタイヤが路面をつかむと、車は前方に飛び出してコースの内側へ向かっていった。そしてオースチンを抜こうと煙の雲に突入したロボットカーをかすめ、インフィールドに突っ込んだ。

センサーが煙の影響を受けたこと、また安全装置が切られていたことで自動運転車のブレーキングも遅れた。煙のなかを突っ切ったロボットカーはスキッドして外壁に衝突した。カーボンファイバー製のボディパネルの右側が砕けて飛び散った。もぎ取られたリアエンドのウイングがトマホークよろしく宙を舞い、壁を越えて長崎湾の水面を切った。車自体は壁に弾かれてグラベルトラップの上を滑り、そこで停止した。オースチンの車はすでにインフィールドの芝で停まっていた。無傷のオースチンは、おあつらえ向きの角度から自動運転車の大破の瞬間を目撃した。砂利《じゃり》の上で動きを止めたロボットカーはヘッドライト二灯を失い、残る二灯がコースを照らしていた。

レースが引き分けに終わると思った矢先、ロボットカーの車輪が回りだし、グラベルトラップからコースに向かって進んでいった。

「おい、まさかだろう」

オースチンはエンジンをかけてギアを入れ、アクセルを踏んだ。低速で発進した車は、七〇ヤードにわたって芝の上をもたつきながら走ったすえ、ようやくノーズを正しい方向に向けた。このままコースに復帰して、長いホースシューカーブを回っていてはとても追いつかない。そこでインフィールドを突っ切ってショートカットすることにした。

フィニッシュラインをめざしながら、オースチンはコースの先に視線をやった。ハンの車は路面にパーツを落としながら速度を上げている。別方向から同じ地点をめざす二台の衝突は必至と思われた。

オースチンはアクセルを踏みつづけてフロントストレートに進入し、ラインを斜めに通過した。ロボットカー、あるいはその残骸が半秒遅れで入線した。

またもブレーキがロックアップした状態で、オースチンの車はスキッドしながら停まった。ロボットカーははるかに優れた制御で減速し、一〇〇フィート先のコース上で停車した。

オースチンはドアを押しあけ、ハーネスの脱着ボタンを叩いて車外に出た。

ヘルメットを取り、耐火素材のフードを脱いでいるところにアキコが駆け寄ってきた。一方、ハンのクルーは二位でフィニッシュした試作車のなれの果てに向かって走っていった。

「大丈夫?!」とアキコが訊いた。

「絶好調だ」と本人は答えたものの、汗みずくで焦げたゴムの臭《にお》いをまとっていた。

「勝つなんて信じられない」アキコはオースチンの両手を握って言った。「あなたは狂ってる」

「負けず嫌いでね」オースチンはそう言って指を一本立てた。「人間:1、ロボット:0」

ハンと助手がすっかり気落ちした様子でプラットフォームから降りてきた。「そちらの勝利とは言えない」とハンは抗議した。「不正があった。あなたはインフィールドを突っ切った」

「あなたが言ったんですよ、先にフィニッシュラインを越えたほうが勝ちだって」とオースチンは応じた。「どうやってたどり着くかの条件は聞いた憶えがない」

ハンは唇をすぼめ、腹立たしそうにオースチンを睨《にら》んだ。「こんなありさまでは、なんの証明にもならない」

オースチンはいたずらっぽく頬笑《ほほえ》んでみせた。「異議あり。これはロボットも負けるってことの証明だ。それと、危険は人間だけがもたらすものじゃないってことさ」

ハンは母国語で憤りをぶちまけたが、それは反論にもならなかった。

ガオのメダリオンにチャイムが流れた。ガオは画面に表示されたメッセージを確かめた。「ディナーの用意ができたようです。まだご興味があればですが」

ハンは傍らの助手を射すくめた。すでに食欲をなくしているようだった。ガオはその場にだけは同席したくないという顔をした。アキコは気を張り詰め、空いた手を袖の下のナイフにじわじわ近づけていた。オースチンだけが満面の笑みだった。

「腹が減った」彼はにこやかに言い放った。「レースですっかり食欲を刺激されたらしい」

37

ザバーラは山中へつづく九十九折《つづらお》りの道に、見晴らしのいい場所を選んで車を駐《と》めた。そこからは長崎港と臨海地区、周辺に大きな一画を占めるCNRの工場を一望できた。

高倍率のズームレンズを装着したカメラを三脚にセットして、バックアップ用に軍仕様の高倍率双眼鏡も携えていた。そうしてハンの生産施設を監視していると、オースチンとアキコが車を駐め、建物にはいっていくのが見えた。工場裏のテストコースでおこなわれたレースも部分的に捉えることができた。オースチンが衝突事故を無傷で切り抜けたのはさいわいだった。普通の人間ならその時点で音を上げるところだが、友のことを知りすぎるくらい知るザバーラには、オースチンがここでお開きにするとは思えなかった。

レースが終わってイベントが一段落すると、ザバーラは自動販売機で買っておいた味気ないサンドウィッチをかじった。「ツイてないな。カートは美女とディナーに出かけて、一〇〇万ドルのスポーツカーでレースを楽しんでるのに、こっちはひとり崖《がけ》の上だ」

ザバーラはスカイラインGT - Rのフェンダーに寄りかかると、サンドウィッチを置いて双眼鏡を目にあてた。軽いタッチで焦点を合わせ、工場付近を見渡した。レースのあとはまるで動きがなくなった。駐車場にはオースチンのレンタカーがぽつんと一台駐まったままで、敷地自体が静まりかえっている。警備員の巡回もない。とはいっても、〈チャイナ - ニッポン・ロボティクス〉は人の代わりに自動システムを駆使して、じっくりとこれ見よがしに巡回をおこなっているはずなのだ。

双眼鏡を下ろして時計を見ると、ちょうど一〇時をまわったところだった。オースチンは何があってもアキコとふたりで、一二時までにもどると明言していた。それまでに彼らが姿を見せなければ、こちらから救助に動くことになっている。

そうなる可能性は高いと考えて、ザバーラはナガノ警視に電話を入れた。警視は任務で現場に出ており、帰署するまで連絡が取れないとのことだった。

ナガノの部下の声はどこか不自然だった。言葉を英語に訳しているせいだと思いたかったが、それだけではないという感じもした。

いずれにしろ、ザバーラはプランBを用意していた。トランクに積んできた業務用の花火を敷地に向けて発射し、長崎の消防局に出動要請するというものだ。乱暴なアイディアだが、おそらくうまくいく。花火師はいないので、点火は自分でしなければならない。用意したのは迫撃砲弾サイズの打ち上げ花火で、スターダストシェルやスピナーを工場の屋根に落とせば、緑、赤、白の炎が上がるとともに煙が大量に発生する。工場の屋根から炎と煙が下りてくれば、ハンの会社の職員でも消防車を追いかえせないだろう。それに乗じて侵入する。

そんな事態を望んでいるわけではないが、これまでの経験から、現実が希望どおりにいかないことを教えられている。「頼む、カート」とザバーラはひとりごちた。「酒を飲んで腰を落ち着けるのは今夜じゃないぞ」

下に向けた双眼鏡で新たな景色が見えた。工場に向かう道を黒っぽいセダンが走っている。

ピントを合わせなおすと、セダンは街灯の下を通り、敷地の脇にある搬出入ゾーンに向かっていった。ザバーラはさっと立ちあがり、そのゾーンがよりはっきり見える位置に移動した。

セダンは搬入口に寄って停まった。男が降りてきてプラットフォームに昇った。ブザーを押し、応答を待たずに裏口のドアを拳《こぶし》で叩きはじめた。

頭上の照明が灯《とも》り、男を照らし出したが後ろ姿しか見えない。

ドアが開いた。警備員が出てきて言葉が交わされた。言い争っているようでもある。

警備員が屋内にもどっていき、怒れる男はいらいらしながら待っていた。

「こっちを向けよ」とザバーラはつぶやいた。「けちなこと言わずに」

男がその場を動かないので、カメラの三脚を持って新しい監視場所まで運んだ。

カメラを置いてピントを合わせると、ふたたびドアが開いた。今度はハンが登場した。ハンは駐められたセダンに向かった。トランクがあき、ハンはそこから細長い木製のケースを取り出した。それをセダンのルーフに置いて蓋をあけた。

ザバーラは可能なかぎり焦点を合わせた。ケース内には光輝く剣が納められていた。

「こんな夜更けに蒐集品《しゅうしゅうひん》の取引きか」

ハンは納得した様子でうなずき、ケースを閉じた。

このままでは運転手の身元を確かめる機会は失われてしまう。崖の縁《ふち》まで行ってみたが、顔が見えるほどに角度は変わらない。と、そのとき搬入口の端に立つ大きな凸面鏡に気づいた。運転手がバックでぶつけないように、どこの搬入口にも設置されるミラーだ。

ザバーラはカメラをミラーに向け、レンズを目一杯ズームして焦点を合わせた。倍率を上げると、ちょっとした衝撃でも被写体がぶれるので、カメラから手を離してモニターに目を凝らした。

焦点が合ってドライバーの正体がわかった。〈牛鬼《うしおに》〉だった。驚いたことに同乗者がいた。窓にもたれて眠っているように見える。ザバーラははっとした。「ナガノ警視」

警視が署に不在で、部下の声に懸念が聞こえたのも無理はない。警視は白いテープで口をふさがれ、〈牛鬼〉の車の後部座席に寝かされていた。

ここで動きが慌ただしくなった。ほかにも刀剣が出された。革にくるまれたもの、木箱に収められたもの。ハンは差し出された革表紙の書物を手にして満足げにうなずいた。ハンの合図で入口のゲートが開かれ、〈牛鬼〉は車にもどってゲートを抜けていった。

38

オースチンはガレージの洗面所で身だしなみをととのえた。レースカーの暑いコクピットにこもってトラックを一〇周したせいで、汗をびっしょりかいていた。自前の服に着換え、顔を洗っている最中に携帯電話が鳴りだした。手についた水気を振り払い、タオルで顔を拭《ふ》いて電話をつかんだ。ザバーラからだった。

「お愉しみの邪魔はしたくないんだが」とザバーラが言った。「そっちに押しかけ客がいる。いま〈牛鬼〉が裏門からはいった」

オースチンは問いかえすようなことはしなかった。ザバーラははっきりしないことで連絡などしてこない。「ナガノは追い切れなかったってことか」

「それだったらいいんだが。どうやら狩人は獲物にやられたらしい。セダンの後ろにナガノが見えた。口にテープを貼《は》られ、手を縛られてる」

「生きてるのか？」

「なんとも言えない。動いてなかった」

オースチンは電話を顎で挟んでディナージャケットに袖を通した。「その車はいまどこに？」

「ゲートを抜けて二番めの建物脇に搬入ゾーンがある。そのすぐ先に駐めた」

「どうしたらそこまで行ける？」

「そっちがいる建物の南西の角だ」

そこまで行くには注意をそらす必要がある。オースチンは、ザバーラの手持ちの道具を利用するアイディアを思いついた。「おれはそっちへ急行する。おまえは位置につけ。連中が建物を出たら尾行しろ。残っているようなら、二分待って花火を打ちあげろ」

「助けが欲しいんじゃないかと思って、いま発射台を準備してたところさ」

「二分だ」とオースチンはくりかえした。「一秒も遅れるな」

ザバーラは了解して電話を切った。オースチンは電話をポケットに入れると、カフスを直して洗面所を出た。

外ではアキコがガオと穏やかに会話を交わしていた。ウォルター・ハンの姿はなかりますった。

「ディナーはまだかな?」

「ダイニングルームにお連れします」とガオが言った。「ミスター・ハンもすぐに参ります」

オースチンはうなずき、アキコの手を取った。「案内してくれ」

ガオの先導でガレージを横切り、内扉に向かった。オースチンは、必要なアイテムはないかとしきりに目をくばった。周囲には作業台が並んでいた。壁全体を覆う道具棚はありとあらゆる工具で埋まっていたが、オースチンが探していたのはこの上なくシンプルなものだった。

欲しいものが目に留まると、オースチンはアキコの手をわずかに強く握りしめた。

アキコがオースチンを見あげた。

オースチンはガオに顎をしゃくった。

アキコは目を丸くした。

オースチンは片手を上げた。待て。

内扉の前で、ガオはキーカードを出してセンサーにかざした。ドアのライトが緑に変わり、カチッという音とともにボルト錠のロックが解除された。

ドアをはいろうとしたガオの首の付け根を、オースチンは手刀で打った。肩甲上神経を強打され、右半身が萎《な》えたガオは朦朧《もうろう》として床に倒れこんだ。そこへ右クロスを顎に食らって気絶した。

「気を失った」オースチンはそう言ってガオのキーカードを手に取った。「手を縛るものを見つけてくれ」

アキコは電気コードをつかんでガオを縛《いまし》めていった。「何をするつもり？　彼らは監視してる。そこらじゅうにカメラがあるわ」

「つまり急げってことだな」

オースチンは作業台に駆け寄った。傍らのゴミ容器に、油染みたぼろ布が詰めこまれていた。そばにＷＤ‐40のスプレー缶が置いてあった。

「このぼろ切れの山にＷＤ‐40をスプレーしつづけてくれ」

あとは火花だ。それにはレースカーの始動に使ったバッテリーカートを使えばいい。アキコがぼろ布に潤滑油を染みこませているあいだに、オースチンはカートを作業台のそばに移動して電源を入れ、二個の端子を擦《こす》りあわせた。すると火花が方々に散った。

「あなたがやろうとしてるのは、わたしが想像してるとおりのこと？」

「やつらのせいで、きみとケンゾーは焼け出された。今度はこっちがお返しをする番だ」

オースチンはアキコを回りこむようにして、スプレー缶から噴射されるミストの前にケーブルを持っていった。たった一度の接触で新たな火花が飛び、スプレー缶は小型の火炎放射器に変身した。

アキコが数秒間噴射をつづけて指を離すころには、ぼろ布が詰まったゴミ容器は燃えさかる大釜《おおがま》と化していた。

オースチンは容器を作業台の下に押しこみ、スプリンクラーが作動しても火が消えないようにした。最後にアキコがWD‐40の缶を容器に放りこんだ。

「行こう」オースチンはそう言って内扉へ走った。

「どこへ行くの？」

「建物の南西の角だ。ジョーが車を見たんだ。車内にナガノ警視がいる。自分の意思で来たんじゃないってことは言っておく」

オースチンはガオのキーカードで扉をあけ、火災報知器のパネルを肘《ひじ》で割るとアラームのハンドルを引いた。ライトの点滅がはじまり、警報が鳴りだした。

「待って」とアキコが言った。

アキコは全速力でガレージに引きかえした。

「さあ」とオースチンは叫んだ。「時間がない」

数秒後、アキコは意識のないガオの身体を引きずってきた。

「放っておいても無事だった」とオースチンは言った。「ここはきみたちの古城みたいに焼け落ちたりしない」

「助けようとしたわけじゃないわ。本物のトラブルを起こすならドアストップが必要だから」

アキコがガオを扉と壁の間の楔《くさび》にすると、煙が廊下に流れこんでいった。

「気が利いてるな」とオースチンは言った。「行こう」

ふたりは南西に向かって廊下を駆けた。突き当たりに施錠された防火扉があったが、それもガオのキーカードであけることができた。スケールモデルやコンピュータで埋まるデザイン室らしき場所を抜けるとエレベーターホールに出た。扉がいま通り抜けた以外の三方の壁にあった。

オースチンは離れた扉に走ってキーカードで開いた。そこはオフィスと会議室だった。

振り向くと、アキコが手招きしていた。アキコが見つけたのは壁に貼られた緊急時の避難経路図で、フロア全体のレイアウトが描かれている。
「日本版の労働安全衛生局《OSHA》に万歳三唱だ」とオースチンは言った。
アキコは部屋を眺めると、もう一度レイアウトを確かめた。「あれだわ」
ふたりが右手の扉に駆け寄って開くと、そこは建物の正面につづく長い廊下だった。
廊下を走っていると、外の芝生に閃光《せんこう》が瞬《またた》き、燐《りん》の火が盛大に降り注ぎはじめた。
「ロケット花火の赤い光だ」とオースチンは言った。「時間どおり」

39

ハンのビルに向けて、用意した花火のちょうど半分を発射すると、ザバーラは消防に通報した。アキコが事前につくってくれた日本語の音声表記を見ながら、CNRの工場で爆発と火災が起きていると告げた。少なくとも、自分がそんな内容を話していると信じて、二度くりかえして電話を切った。

ふたつめの打ち上げ筒をつかみ、怪物サイズのロケット花火を詰めると、上空ではなく前方の屋根を狙って角度をつけた。そしてボタンを押して点火した。

発射後は灰色の煙が雲となって漂い、視界がさえぎられた。それでも建物の真上で炸裂する赤、白、紫の火花は見通すことができた。つぎに馬の尾を引くように光が流れる花火が屋根を直撃して、金色の火の粉が広がった。重い残響音にくわえて、街はずれから消防車のサイレンが聞こえてきた。

「そう来なくっちゃ」ザバーラはひとり悦に入った。

立ちあがってカメラと双眼鏡をスカイラインの後部座席に放りこみ、運転席に座った。

サイレンの音がいよいよ喧《かまびす》しくなってきた。工場まで一、二マイル付近の幹線道路に消防車の点滅灯が見えたが、ザバーラが気にしたのは別の音だった。

工場を振りかえると、長崎湾の方角から工場に向かって降りてくる光が見えた。混乱のさなかに、一機のヘリコプターが着陸しようとしていた。

ザバーラはキーを回してギアを入れ、スカイラインをダートから舗装路へと急発進させた。ハンの部下にヘリコプターで連れ去られたら、ナガノの顔は二度と拝めないだろう。

ハンと警備チームの三人がやってきたとき、すでにガオは意識を取りもどしていた。あけ放たれた扉から流れこむ煙が廊下に充満し、スプリンクラーが全開で稼働していたが、巧妙に隠された火に放水は届いていなかった。

「解いてやれ」ハンは警備員のひとりに命じた。「それから、あの忌々《いまいま》しい火を消させろ」

「何があったんです?」ガオがぼんやりした頭で訊いた。

「何があったと思う?」とハンはかみついた。「オースチンと女がおまえを伸《の》して火をつけたんだ」

警備員がガオの縛めを解いて立ちあがらせた。ガオはまず手首を、それから首をさすった。「私がビデオを撮っていたことに気づかれたんでしょうか」

ハンはガオが首に下げていたメダルに手をやった。無傷だった。ガオがかけていたハイテク・コンピュータ眼鏡は数フィート離れた床に落ちていた。

「おまえが撮影していたことに動揺したのなら、カメラを残していくはずがない。これは破れかぶれで起こしたことだ。火を放って当局の人間を建物に呼び込み、人の目をわれわれに向けようとした。たいした問題じゃない。それどころか、のちのち連中の不利になる証拠がふえるだけのこと。ビデオはちゃんと撮れたのか?」

ガオはうなずいた。「画像に音声記録、動作分析も。レプリカ製作に必要なものはすべて揃っています」

「よし」とハンは言った。「ヘリコプターがこっちに向かってる。島にもどったら、すぐにやつらのレプリカに取りかかれ」

「やつら? ご所望のものは一体ではないのですか?」

「〈鬼〉が土産《みやげ》を持ってきてくれてな。東京でオースチンを助けた警官だ。そいつのレプリカも欲しい。そうしておけば、行動を起こすときに当局の邪魔もはいりにくくなる」


オースチンとアキコは倉庫まで来た。貨物の搬入口はすぐその先だった。

ガオのキーカードを使い、オースチンは最後の扉をあけた。階段を降りたフロアには、山と積まれた木箱と機械類がまるでミニチュアの都市のようにそびえていた。

奥のほうに車が何台か置いてあった。

「ナガノを確保したら、ここを出る手段が必要になる」とオースチンは言った。「あそこにある車かトラックのキーを見つけてくれないか」

「なければ直結すればいいわ」とアキコが言った。

「すばらしい。もし選べるなら、金属のゲートや煉瓦塀《れんがべい》を破れる頑丈なのがいいな」

「やってみる」

「さっきのあれを見たばかりだから余計なことかもしれないが、自動化された装置には気をつけるように。機械に武装施設を襲撃させるハンなら、どんなものにも電池とカメラを付けて、内通者やもっと始末の悪いものに仕立てあげてる可能性もある」

うなずいたアキコはその場を離れると機敏に、そして音もなく移動していった。オースチンは反対方向にある裏口に向かった。扉に張りつくようにしてわずかに隙間《すきま》を開いた。そこに見えたのは、ハンの従業員の一団に指図する〈牛鬼〉だった。〈牛鬼〉がわめきちらす命令に従って、従業員はセダンの荷を降ろしていた。

まず最初に、長さのある木箱がいくつか運び出された。つぎに革で包まれた品。従業員たちは細心の注意を払って木箱をカートに載せると車にもどり、ナガノ警視のことはぞんざいに引きずりだした。

セダンから降ろされたナガノは地面にへたりこんだ。ナンバープレートからすると、セダンは政府機関の車らしい。

ある従業員がナガノをどやしつけた。別のひとりが蹴《け》って自力で立たせようとした。とりあえず生きてはいるようだ。

何人かは宝物を運んでいくと思いきや、全員が立ち去らずに残っている。やがてその理由が判明した。彼らが立つ先のコンクリート舗装の区画をめがけ、ヘリコプターが降下してきていた。

「五対一か。なかなかのオッズだな」互角に戦う方法を模索したオースチンはフォークリフトに目を付けた。

電動フォークリフトはあっさり始動した。操縦のほうは若干難しかったが、ここではレースコースを走行するときの精確さは必要ない。

バックして旋回し、フォークを一対の槍《やり》のように掲げると勢いよく前進した。オースチンは開いていた搬入用の扉を抜けると、ぎりぎりのラインを走って〈牛鬼〉に向かっていった。

すんでのところでオースチンに気づいた悪魔は脇へ飛んだ。従業員二名が不運に見舞われ、フォークリフトになぎ倒された。串刺《くしざ》しにされずにすんだのは幸いだった。オースチンはすぐに後退して右に旋回した。三輪の車は驚くほどの敏捷《びんしょう》さで向きを変え、持ちあげたフォークでまたひとり、ハンの部下の肋骨《ろっこつ》を何本も折った。

そこで轟《とどろ》いた銃声に、オースチンの動きは封じられた。跳弾と至近弾が来て、オースチンはフォークリフトからダイブして身を伏せた。顔を上げると、残ったハンの警備員がナガノをヘリパッドのほうへ引きずっていた。

立ちあがって後を追おうとしたオースチンの行く手に、〈牛鬼〉が立ちはだかった。〈鬼〉は銃ではなく、燦《きら》めく刀を握っていた。

〈鬼〉はオースチンに刀を振ってみせた。「サムライにとって、人を一刀両断にできない刀なんて価値がなかった。やつらは捕虜や罪人で試し斬《ぎ》りをした。おれもおまえで切れ味を試してやる」

足を踏み出した〈鬼〉は刀を袈裟《けさ》に振りおろした。オースチンは停まっているフォークリフトの後ろに飛びずさり、刃がケージを叩いた。身を護るものを探したオースチンは、フォークリフトの脇にあったバールをつかんだ。

「そんなもんじゃ役に立たねえ」と〈鬼〉は言いざま前に出て、オースチンの頭めがけて太刀《たち》を浴びせてきた。

オースチンは頭を下げると同時にバールを掲げた。バールはかろうじてその攻めを弾ねかえしたが、別の角度から来た一刀にバールは手から叩き落とされた。つぎのひと振りで、またも身を投げるはめになった。

床を転がったオースチンは血を流していた。スーツとシャツが切り裂かれ、上腕裏側の切創から血がにじんだ。切先の鋭さゆえに、切られた感覚がほとんどなかった。

「つぎは首だぞ」と〈鬼〉が宣言した。

オースチンもそれを疑わなかったが、近づいてくる消防車と着陸するヘリコプターのエンジン音が彼に希望をあたえた。「おれだったら、ここから逃げ出すな。刑務所暮らしの一生じゃ、ハンの金は使い切れないぞ」

その言葉が悪魔の怒りを呼び覚ました。またも激しい太刀が打ちおろされた。オースチンは脇に退き、〈鬼〉との間にフォークリフトを挟むようにした。〈鬼〉が一方に動けば、オースチンは反対に動く。それは援軍を待つときには有効な防御である。が、オースチンに必要なのは攻撃だった。いまだ。

前に出たオースチンは、フォークリフトのケージ内に手をやるとキーを回し、小さなハンドルを回転させた。フォークリフトは突如横に動いて不規則な旋回をはじめた。〈鬼〉は後ろに撥《は》ね飛ばされたが、ハンの部下たちが近づいてきた。

もはや選ぶ余地なく、オースチンはフォークリフトに飛び乗るとギアをバックに入れ、〈鬼〉と部下たちから急いで遠ざかった。そこにヘリコプターが着陸した。倉庫へ引きかえすと敵に包囲されていたが、一〇輪トラックに乗るアキコが機材と木箱の山を突破してきたことで事なきを得た。

ハンの部下が木箱の雪崩《なだれ》から逃げまどうあいだに、オースチンはトラックに乗りこんだ。アキコはバックで倉庫を出ると駐車場を突っ切った。ゲートを突破して連絡路にはいると、むこうから消防車の一群がやってきた。

「そのまま走れ」とオースチンは言った。「何が来ても停まるな、警察でも」

ハンドルを握るアキコの傍らで、オースチンは電話を手にした。「ジョー、どこにいる？　やつらはナガノをヘリコプターに運びこんだ」

「おれも見た」とザバーラが応えた。「追いかけて機体記号を確認するつもりだったけど、道路が途切れちまった」

「どっちへ向かった？」

「南西だ。湾沿いに」

ザバーラはレースコースのオースチンに負けない技量で車を操ったが、ここでは他の車、道路の穴、歩行者といった現実世界の諸問題に対応しなければならなかった。遅いバスを追い越すと視界が開け、木々に邪魔されて見失ったヘリコプターをふたたび目視できるようになった。

交通規則を無視し、一方通行の道で丘を下った。下り坂ということは海に向かっていた。

建物で視野がさえぎられた直後、小型車とあやうく正面衝突しそうになった。クラクションを鳴らされ、ザバーラは路肩を走りながらきわどく消火栓を避けると、急いで対面通行の道にもどった。

「どこへ行った？」ザバーラは首を回し、逃げるヘリコプターを探した。

ようやく見つけたヘリコプターはかなり離れた海上を飛んでいた。間違いなく海をめざしている。

新たな道にはいってふたたび速度を上げたが、やがてヘッドライトに照らされた行き止まりの標識に気づいて急ブレーキを踏んだ。タイヤが悲鳴をあげ、横滑りしながらスカイラインGT‐Rが停まったのは、落差五〇フィートの断崖《だんがい》まであと数インチの場所だった。

ザバーラは車を降りて双眼鏡を覗《のぞ》いた。ヘリコプターを目視できたのは三〇秒ほどで、その後光は夜空に消えていった。

40

ワシントンDC

地球研究室は、ワシントンDCのNUMA本部ビルの地階にある。地下に置かれているのには現実的な理由があった。実験施設として広大な空間を確保し、水、砂、粘土その他の土壌を保存する大型タンクをはじめ、巨大装置を収納するためである。また津波研究、地震解析、浸食実験では、ラボの一部で地震、悪天候、洪水を人工的に起こすことになる。最新の荒波のシミュレーションであふれた水が、天井から漏ってくるなどという事態を望む者はいない。

エレベーターを降り、ラボのあるフロアに立ったルディ・ガンは注意深く水たまりを探した。それがないことを確認すると、NUMAで最も優秀な研究者二名が夜を徹して作業している地質学部門へ足を運んだ。まず向かったのがロバート・ヘンリーのデスクだった。

ヘンリーは海洋地質学者としてポール・トラウトの下で働いている。細身で青白く、ブロンドの長髪、さらに長く伸ばした顎ひげ。窶《やつ》れた北欧の王子然とした風貌《ふうぼう》である。

「おはよう、ヘンリー」

「もう朝ですか？」とヘンリーは言った。「外はまだ暗いんだとばかり思ってました」

「ちょうど日が出たところだ。来た早々にきみからメッセージをもらえて何よりだ。で、きみとプリヤで私に見せたいものがあるそうだね」

「水がどこから流入しているか、わかったかもしれません」

「それはいい知らせだ」とガンは言った。

ヘンリーはにやりとした。「そこは詳細を聞くまで保留したほうがいいですよ。プリヤから説明させます。いま追っているのは彼女の仮説なので」

ヘンリーはインターコムのボタンを押した。「ルディが来てる。ぼくたちの発見について話してくれないか？」

「いま行くわ」とイギリス風の英語で返事が来た。

ヘンリーがデスク上の書類の整理をはじめた。ガンはやってくるプリヤ・カシミールの姿を目にした。

プリヤはムンバイ生まれのインド人だが、育ちはロンドン。オックスフォードで一年学んだのち、MITに移った。焦げ茶色の瞳《ひとみ》、高い頬骨、ふくよかな唇。マホガニー色の髪を、いまは肩のあたりでそろえて、最近鼻の右側にあけたばかりの穴には小ぶりのダイアモンドのスタッドピアスが輝いている。

プリヤを美人と表現するのは簡単だが、それは安易であり失礼にあたる。たしかに古典的な顔立ちと魅惑的な笑顔の持ち主ではあるが、彼女の美しさはその知性にくらべれば第二のもの、意志の強さをふくめればおそらく第三の魅力でしかない。MITをクラスの首席で卒業したプリヤは、一方でインド農村部の貧しい子どもたちに学習教材を届ける財団をつくっていた。アスリートとしても優秀で、修士号の取得をめざしながら陸上や水泳の競技会に出場した。

ガンはたった一度の面接でプリヤを採用した。NUMAにはいって数週間後、プリヤはひどい交通事故に遭って脊椎《せきつい》を損傷した。五回の手術と六カ月におよぶ過酷なリハビリに耐えたが、以前の運動能力は回復しなかった。しかし爪先《つまさき》に感覚がもどったことに、プリヤは希望を見出《みいだ》した。

勤務を継続するか、リハビリに専念するかの選択に迫られたプリヤは、ガンの申し出を受けてハイアラム・イェーガーのコンピュータ・ラボで大半の時間をすごしている。元来、他人が見落としがちな部分に目を向ける才能にぬきんでていたプリヤを、ガンはポール不在の地質学チームの補充要員に指名したのだった。

プリヤはコンパクトな車椅子で角を曲がってきた。これがスポーツ用の車椅子をもとに本人が設計した、バッテリーパックを使わず自力で動かす代物である。

グレイのノースリーブのトップスにジーンズを穿《は》いたプリヤが、ルディとヘンリーのそばまでやってきた。ヘンリーはプリヤから目を離せずにいた。プリヤはそれを見逃さなかった。「何を見てるの、ロバート？」

「ごめん」とヘンリーは言った。「その小麦色の肌と腕の筋肉と、どっちを羨《うらや》んだらいいかと思ってね」

プリヤは意外そうに笑った。「久しぶりに聞いたいちばんの褒《ほ》め言葉よ。小麦色は両親から受け継いだもの。二頭筋は全部わたしの。あなたもこんなのにしばらく乗ってれば、いつの間にかたくましくなれるから」

「部屋からは出られそうにないけどね。ぼくの腕なんか伸びたパスタ並みさ」

ガンが咳払《せきばら》いしてふたりの気を惹いた。「何かを見つけたということだが」

「ええ」とプリヤは答えた。「歓迎すべき知らせかどうかは自信がないんですが」

「それは話しておいた」とヘンリーが言い添えた。

「感想は後でいい」とガンは言った。「いま必要なのは答えだ。何がわかった?」

プリヤは位置を移動した。「では、見つかってないというところから話をはじめます。まず第一に考えたのは、中国が地下帯水層を破裂させたという可能性。ポールとガメーが記録した間欠泉地帯を生じさせるには、とても広範な規模で巨大な圧力を必要とします。隠しておけるものではありません。日本がおこなった二種類の海底プロファイリングの報告書をあたってみると、調査区域は中国側の深くまでは及んでいないものの、大陸棚の下に加圧水の大きな塊《かたま》りがあることを示すデータはありませんでした。そこでもっと深い場所を調べて」

あとはヘンリーが引き取った。「データは、数年まえにこの海域の地図をつくった石油探査会社から〝借用〟しました。原油価格が下落するまえの、誰も彼もが深海油《ゆ》井《せい》を探してたころのことですが、この会社はやることが極端で、海底の数マイル下に炭化水素の鉱床を探したわけです。なにしろ原油価格が青天井にならないかぎり、採算が取れない事業ですから。一バレル一五〇ドルからそれ以上に上がらないと」

「それで?」

「石油はなかった」とヘンリーは言った。「中国側に、小さな天然ガス鉱床が数カ所見つかっただけで」

「水については？」とガンは質した。

「水もなかったんですが、彼らは探査の範囲をかなり超えた地殻に、複雑に連続した深い垂直断裂を発見したんです」

「垂直断裂？」

「ぼくもこれまで見たことないタイプの断裂です。地質学のデータベースにも合致するものはありません。新種の岩を発見したようなものですよ。そのこと自体は興味深いんですが、海の淡水化にはつながらない」

「それで、わたしたちの目はさらに深いほうへ向いて」とプリヤが引き取った。「まずはROVを海底まで送らずに、そこにあるものを調べる方法を考えました。それでケンゾウのZ波を探そうということになり、見つけました。高度な観測をおこなう地震のモニタリングステーションにはZ波を検知する機器があるんですが、そのデータはコンピュータのプログラムでフィルタリングされていました」

「なぜ？」

「Z波のパターンが、地球深部で強力音波を使用する採鉱システムが発する信号とそっくりだから」

「採鉱？」

プリヤはうなずいた。

「つまり、中国は海底でそれをやってるということか」

「そのようです」とプリヤは言った。「ただ、それはいちばんに面白いニュースでも、びっくりするニュースでもありません。わたしたちはフィルターを掛けるまえの生のデータを入手し、ロバートがデザインしたプログラムに掛けて、Z波の深さと方位を特定することに成功しました。それで驚くようなことがわかったんです。Z波は地殻をはいって垂直方向に上下しながら伝播《でんぱ》していきます」

「深さはどこまで達するんだ？」とガンは問うた。

ヘンリーが答えた。「地殻と上部マントルを通り抜けて、遷移帯と呼ばれるエリアまで。地表から少なくとも二〇〇マイル。Z波は遷移帯の底でより高密度の岩に反射して地表にもどってきますが、波が出入りすることによって調和振動が生じます。で、その揺れが遷移帯にふくまれる特定の鉱物に大混乱をもたらしているんです」

「その鉱物とは？」

「リングウッダイトはご存じですか？」

「リング・ウッド・アイト？」ガンは首を振った。「いや」

「橄欖石《かんらんせき》に似た結晶性鉱物で、高圧下のみで生成されるものです。上部マントルの下の遷移帯深くで見つかってます。二〇一四年、火山噴火によって地表に出現したダイアモンドを調べた地質学者たちが、そのなかに閉じこめられたリングウッダイトの標本を発見しました。彼らが驚いたのは、未知の鉱物ばかりか、そこに特殊な形態の水が隠れていたことなんです」

プリヤがヘンリーに代わって締めくくった。「それが別の研究へとつながっていった。ひとつは、マントル内にリングウッダイトがどれだけ存在し、どれだけ水をふくんでいるかを確認すること。それに取り組んだチームは地震活動を超音波の発生源として利用し、数カ月にわたって測定をつづけました。その結果、厚さ一五〇マイルの遷移帯にはリングウッダイトが広く分布し、その大半に水が封じこめられていることが判明しました。通常、その水は岩石の層に蓋をされ、高圧の下に置かれている。ボトル入りの炭酸水みたいなものです。ところが中国の採鉱によって遷移帯までの岩盤が破壊されたことで、蓋がはずれ、圧力が解放されたんです」

「そして水の噴出がはじまった」ガンはそう言って残る議論をまとめた。「全圧力が掛かって、地殻を突き抜けるしかなかったわけか。われわれが目にした間欠泉の説明になるな。しかも、それをどうやって止めるか、あるいはどこまで悪化するかを知る手がかりになるかもしれない。きみたちが浮かない顔をする理由はわからないが、私は悪い知らせとはまったく思ってない」

「どうでしょうね」とヘンリーが言った。「これは蓋をできる油井でも、一時期噴き出して枯渇する地底湖でもありません。遷移帯には厖大な量の水が封じこめられてます。海事用語で言う〝測定不能〟な量の水が」

「数字が必要だ」とガンは言った。「いったいどれくらいの量の水なんだ？」

「世界中の海、河川、湖沼、氷山を合わせた水量の三倍か四倍。すべてが表出したら、地球上の陸地は完全に水没します。世界最高峰のエヴェレストの頂でさえ、水深一万二〇〇〇フィートの水中に沈みます」

軽くは聞き流せない発言だった。たしかに、ヘンリーはなにかと破滅の予測に傾きやすいタイプで、それはハムレットのごとき性格に起因する。だがヘンリーは第一級の科学者である。数字を捻《ね》じ曲げることなく、起こりうる最悪の結末に目を向けがちなのだ。

対するプリヤは生来の楽観主義者だった。物事は見た目ほど悪くなく、克服できないことなどないと信じる性格である。ガンはプリヤに向きなおった。「そうなる可能性は？」

「きわめて低いでしょう」プリヤはヘンリーを一瞥《いちべつ》して言った。「でも、封じこめられている水量の五パーセントが表出したら……海面は二〇〇〇フィート上昇します」

「二〇〇〇フィート?」とルディ・ガンは言った。

プリヤはうなずいた。

「では、五パーセントの水がこの岩層から噴き出す可能性は?」

プリヤは肩をすくめた。「答えられません。これは誰も見たことがない現象です。いま何が起きているのか、正確なところはわからない。わかるのは、事態が悪化しつつあるということだけです。過去六カ月で顕著だった海面上昇は、この九〇日で加速して、さらに五週で勢いを増している。予測するなら……計算はしごく簡単です。五パーセントの放出が起きる可能性は、一〇パーセントの噴出が起きる可能性にくらべてはるかに高い。四パーセントの放出ならより高くなるし。三パーセント……二……一……どれにしましょうか。一パーセントの放出の可能性は、五パーセントに比較して指数関数的に高くなります。ただそのレベルでも——遷移帯から一〇〇分の一の水が流れ出しただけでも、海面は四〇〇フィート上昇することになります」

ヘンリーがより悲愴《ひそう》感を漂わせて話にくわわった。「世界の主な沿岸都市、南米大陸の半分、ヨーロッパの大半、アメリカではとくに南部の大都市がある沿岸部のかなりの地域を失うことになるでしょうね。人口密度の高いアジアやインドについては言うまでもありません。二〇億人が移住を余儀《よぎ》なくされる。しかし逃げ場が見つかったとしても、家や食糧はない。それですむと思ったら大間違いで――」

ガンは話をさえぎった。これから人類が目《ま》の当たりにするかもしれない現実について、ヘンリーの気の滅入《めい》るような繰り言を聞く必要はなかった。聞きたいのはそれを阻止する方法なのだ。「この噴出を止める手段はないのか?」

「なんとも言えません」とプリヤが言った。「いま中国がやっていることが正確にわかれば、その対処についてより良い方策も出てくると思いますが、もう二度と壜《びん》にもどせないものを放出してしまった可能性はあります」

ガンはプリヤの顔を凝視した。そこには決意とともに、厳しい現状認識があることがうかがわれた。人間の努力や技術では克服できない力が存在することを、プリヤは誰よりも認識している。

「すべてのデータを報告書にまとめてくれ」とルディ・ガンは言った。「欲しいのは二種類の報告書だ。技術的なデータを網羅したものと、素人や政治家に理解できる簡易版と。いずれも一時間以内にもらいたい」

「世間に公表するんですか?」とプリヤが訊ねた。

「いや。それよりずっと大きな危険を冒す。中国に情報を送るつもりだ」

41

長崎

　オースチンは、念ずればハンのヘリコプターの行く先がわかるとばかりに、地図に意識を集中させた。

「ヘリコプターが飛んでいったのはこの針路だ」ザバーラはマウスを動かし、画面上に一本のラインを引いた。「この建物の真上から港に抜けて、この方角に飛んでいった」

　ラインは南西に向かっていた。

「中国へ連れていくつもりかもしれない」とアキコが推測を口にした。

「それにしては針路が妙だ」とオースチンは言った。「上海は最寄りの大都市で、目的地という可能性も高いが、方角は真西だ」

「遠すぎるな」とザバーラが言った。「あれは小型のヘリコプターで短距離仕様だ。上海までは五〇〇マイル以上ある。とても中国本土までは行けない。一発ではね」

「給油したら？」とオースチンは訊ねた。

ザバーラは座りなおした。「空中給油できそうな見映えじゃなかったけど、船に降りる可能性は排除できない」

「それはおれも考えた」とオースチンは言った。「そこで船舶トラッカーを用意した」

ボタンが押されると、画面に長崎港から一〇〇マイル以内を航行するすべての船の現在地と方向が表示された。地図に表示されるのは一〇〇マイルまでで、必要に応じて範囲を拡大することもできるのだが、すぐに問題が明らかになった。

「船が何百隻《せき》もいるわ」とアキコがそれを指摘した。

「ハンはヨットを持ってない？」とザバーラが訊いた。

オースチンはオンラインで調べた。「持ってるな、三隻」

「いい取っ掛かりになりそうだ」

オースチンは検索用のウィンドウにハンのヨットの識別番号を入力し、位置情報を要求した。すると世界地図が表示された。「一隻はモナコ、一隻は上海に係留中、もう一隻はイタリアでアップグレードの最中だ」

「ヨットは除外できる」とザバーラが言った。

オースチンは元の画面にもどした。すばやくキーボートを叩き、新たな設定で検索をおこなった。五〇〇〇トン未満の船、ヘリコプターが降りられない船がはじかれた。

「これで一〇〇マイル圏内の四九隻に絞ることができた」

「四九隻は調べられない」

「船籍で多少は除外できる」オースチンは入力をつづけた。「アメリカとヨーロッパの船舶には降りないとすると、二六隻に減った」

「さっきの針路を行くのは何隻いる？」とザバーラ。

オースチンはキーボードを叩き、ザバーラが描いた線を呼び出した。「ゼロだ」オースチンは拍子抜けしていた。「いちばん近い船でも北に一四マイルはずれて、しかも長崎に入港しようとしてる。外洋に向かうんじゃなくて」

「ヘリコプターが針路を変えたとか」とアキコが言った。「最後にライトを消したわけだし」

オースチンはザバーラを見た。「おかしくないか？」

「見られるのを嫌ったってことなら、わからなくもない」とザバーラが言った。「こっちは航空灯を追いかけるしかなかったからね。ライトが消えたとたん、あの鳥はまさしく空の彼方《かなた》に消えた」

「でも、ハンもしくはパイロットはどうやって尾行に気づいたんだ？」

ザバーラは首をかしげた。「あんたの言うとおりだ。気づくはずがない。すると、なぜライトを消した？」

オースチンには思い当たることがあった。「むこうの高度は？」

「低空だった」とザバーラは答えた。「一〇〇〇フィート以下」

「上昇していた？」

「どうかな。まっすぐ水平に飛んでるように見えたけどね」

オースチンは地図に目をもどした。

「何か思いついたのか？」とザバーラは訊いた。

オースチンはうなずき、針路の表示を拡大した。「低空飛行は長崎のレーダーを避けるためだと思う。で、ライトを消したのはおまえに見られたからじゃなく、誰にも見られたくなかったからさ。そんなふうに飛ぶ理由はただひとつ、本土から見える場所に目撃されずに着陸するためだ」

オースチンは船ではなく島を探すことにした。だが、島もずいぶん数があった。

「軍艦島よ」とアキコが言った。

オースチンとザバーラは振り向いた。

「バトルシップ・アイランド」アキコは解説した。「本当の名前は端島《はしま》。本土からの距離は数マイル。昔、炭坑があった島。一時は何千という人々が暮らしていたわ。炭鉱夫とその家族が。島はコンクリートの建物と防波堤で出来ていて、侵入者を防ぐ要《よう》塞《さい》に見える。それがそのニックネームの由来よ」

アキコはオースチンのコンピュータ画面に表示されたその島を指した。ハンの工場からは一六マイルほど離れているが、その方角に半島が延びているため、海岸からの距離はほんの数マイルだった。

端島のことはオースチンも聞き知っていた。それは過ぎ去りし時代の遺物で、世界でも指折りの忘れがたい廃墟として挙げられることが多い。「あの島は観光地になっているはずだ」

「そう」とアキコが言った。「一年ほどまえまでは大変な人気だった。でも、土壌や建物からアスベストや砒素なんかの毒性物質が大量に見つかった。島を歩く観光客はそれを舞いあげては吸いこんでいたわけ」

オースチンは、そんな曰《いわ》くを持つ島に関する記事に目をつけた。「政府が島を閉鎖したのは一一カ月まえ、ハンとCNRの新工場が着工した三週間後のことだ。単なる偶然とは思えない」

「偶然なんて言葉は信用ある人間のためのものでね」とザバーラが言った。「それ以外の連中は疑惑の渦中に生きていくんだ」

オースチンはあらためてザバーラの記憶にあるヘリコプターの飛行経路を確認した。それはほぼ一直線に端島へ向かっていたが……「経路上にはほかにも島がある」とオースチンは指摘した。「高島と中ノ島」

「高島には家が建って人が住んでる」とアキコが言った。「小さなホテルや広い民家のほかに、ミュージアムもある」

「近所に迷惑をかけずにヘリコプターで降りるのは難しいな」とザバーラが言った。

「中ノ島は岩礁《がんしょう》みたいなものだし」とアキコが付け足した。「着陸に適した場所はないわ」

衛星写真を見てオースチンも同意した。「すると、着陸したのはやはり軍艦島だな」

「ハンが来た直後に、島が封鎖されたって事実が何よりの証拠さ」とザバーラが言った。「でも、なんでまた島に隠れ家を？　こっちにだだっ広くて防御の固い工場があるのに」

「何かを隠しておきたいからさ」とオースチンは言った。「日本の保安検査とか、われわれみたいな出しゃばり外国人が来て見つかるリスクを冒せない何かをね」

「当局に通報するという手もあるけど」とアキコが言った。

オースチンは首を振った。「その先は行き止まりだ。当局の高官のなかにハンの友人がいる。でなければ、そもそも島は閉鎖されてない。こっちの手の内をさらして終わりだ。何を企んでいるかは知らないが、連中はそれを隠してナガノをサメの餌《えさ》にする気だ。警視にとって頼みの綱はわれわれだけだ。すぐにあの島へ向かわなければ」

42

長崎湾

二時間後、オースチンとザバーラ、そしてアキコは強力な船内機を搭載した全長三〇フィートのボウライダーで長崎湾を横切っていた。V字形の船首でうねりを切り裂くボートは、外海に出て暗い島から離れた針路を取った。

ＮＵＭＡの補給部から普段のハイテクギアを調達する余裕もなく、パワーボート一隻と最低限のダイビングギア、その他の機材をレンタルショップで拝借することにした。すべて無事に返せなければ、ＮＵＭＡの経理が不満たらたらで弁償することになる。

アキコが操縦して、オースチンは風の確認を、ザバーラはダイビングギアの準備をおこなった。

「北西に転針」とオースチンは言った。「二マイルほど進んだら、そこから島の方向に引きかえせ」

アキコが舵輪《だりん》を右に回すと、ボートは傾きながら旋回をはじめた。直進にもどると、船尾からザバーラがやってきた。

「もちろん狙いはあるんだろうが、アミーゴ、島はあっちだぞ」ザバーラは親指で背後を示した。「長距離を泳ぐことになる」

「いつもながらご明察だな」とオースチンは言った。「しかし、衛星画像と一〇〇枚からの写真を見て、あそこに行くには泳ぎじゃだめだとわかった」

オースチンはラップトップを出して、解像度の高い航空写真をザバーラに見せた。

「高さ四〇フィートの防波堤が島全体を囲んで、そこに波が当たって複雑な流れを生み出してる。岩や壁の土台に叩きつけられて死ななくても、あっという間に引っぱられて湾に放り出される」

ザバーラはうなずいた。「ここに桟橋《さんばし》があって、遠い端にはパイリングがある。階段はあちこちに三カ所。それを使えそうだ」

「この桟橋はコンクリート製で、もっと大きい船のために設計されたものだ」とオースチンは言った。「パイリングは島の突端に位置するコンクリートの塊りだ。サーファーが言うじゃないか、岬は波を引き寄せるって。たぶん潮の流れと波で悪戦苦闘することになる。それに階段は島全体でどこよりもあからさまな侵入経路だ。ハンがよほどの間抜けじゃないかぎり、監視と警備の目が光ってる」

「だったら、どうしてダイビングギアを？」

「終わって島から逃げる方法が必要だ。潮目が変わるまえにナガノを見つけて連れ出せば、湾まで流れに乗っていける」

「脱出戦略があってよかったよ」とザバーラが言った。「先を見据える。成長の証しだ。だけど、まずはどうやって島に上陸する？」

「このボートを選んだのはなぜだと思う？」

「ラインが美しいから」

「それに、こいつにはトルクと牽引力《けんいんりょく》があって、アドレナリン・ジャンキーにうってつけの新しいスポーツ、ウイングボーディングで使われる」

ザバーラはオースチンを見つめかえした。「ウイングボーディング？」

「パラセイリングと似てるけど、頭上にシュート、足下にウイングを着けるだけでいい」

「島まで飛んでいくのか？」

「滑空していくのさ。アキコの操船でおれたちは高度を上げ、さらに牽引がつづく。約一マイル手前でコードを切って、あとは海風に乗って島へ向かう。つがいの両生類みたいに水から這《は》いあがるんじゃなく、フクロウの夫婦よろしく空から舞い降りるんだ」

「連中がレーダーを持ってたらどうする？」

「それはどうかな」とオースチンは言った。「島は棄てられて立入禁止になってる。そういう場所にレーダー装置とかサーチライトとか、大がかりなものは置かないだろう。外から目につくようなものは。隠しカメラや動作感知器で監視するのがせいぜいじゃないか。ただし、海からの侵入者にそなえて島の沿岸には目を光らせてる。監視がないのは、人のいない内陸部だ」

「で、空からむこうの防御線を突破したら？」

オースチンは奇妙な形のレンズを入れたゴーグルを取り出した。「これには赤外線センサーが内蔵されてる。空から降りるときに島を一望できる。ハンの部下が何をやるにしても照明、電源、機材は欠かせない。それらはすべて熱を発生する。人気《ひとけ》がなく温度の低い島で探知するのは簡単だ」

ザバーラはすべてを把握した。「スキャンしながら島に降りたら、あとは熱源を追っていくわけだ、〝黄色い煉瓦道〟をたどるようにして」

「スキャンはおれがやる」とオースチンは言った。「そっちがパイロットだ。飛ぶほうは頼りにしてる。着陸のほうも。あのどれかの建物の屋上に」

黒いネオプレンに身を包んだオースチンとザバーラは、パワーボートの船尾に繋《つな》がれた長さ一二フィートのウイングボード上に陣取った。横並びで片足を前、片足を後ろに置き、斜め後ろでバランスとコントロールを取るスタンスである。

背中のバックパックには小型の酸素ボトルにマスク、フィンがはいっていた。ナガノ警視を見つけ、ハンの企みを示唆する手がかりを得たのち、島を離れる際に使用する。

足の位置を決めると、ふたりは二本のガイドケーブルをつかんだ。ウイングボードと頭上にたなびくことになるパラセイルを操作するためのものだ。ウイングの制御法については短い動画を見て学習した。

「そう難しくもなさそうだ」とザバーラが言った。「左に傾けば左に曲がる。右に傾けば右に曲がる」

「どこまで連れていってほしい？」とアキコが訊いた。

　オースチンはすでにその計算をすませていた。「二マイル圏内にはいったらすこし揺らしてくれ。こっちでコードを切る」

　アキコは意外そうな顔をした。「二マイル？　まだ距離があるけど」

「オンラインで読んだ情報によると、この仕掛けの滑空比は一二：一。ケーブルを目一杯伸ばすと、到達する高度はほぼ一五〇〇フィート。三マイル半先まで飛べる高さだ。しかし、向かい風と経験不足を考慮すると安全マージンが欲しい。二マイルあれば問題ないだろう」

　アキコはうなずき、GPS受信機に目を落とすとふたりを振りかえった。「準備はいい？」

　ザバーラは、いまは頭の上に載せているゴーグルを再確認した。彼のゴーグルは暗視用に設計されている。オースチンのゴーグルが熱源を探すなら、ザバーラのものは利用できる光を増幅する。島に近づいたらゴーグルを下ろして着陸地点を探すのだ。ゴーグルのストラップをしっかり留めると、ザバーラは親指を立ててガイドラインに両手を置いた。

　オースチンも同様にした。「ケーブルを解放してくれ」

　アキコは左手を舵輪に置いたまま、右手を伸ばしてレバーを引いた。

クランプが外れ、オースチンとザバーラの背後でパラセイルが風を孕《はら》んでうねりだした。足下のウイングボードの係留がはずれたことでラインが張り、ふたりは後方へ引っぱられた。

船尾のドラムからケーブルが繰り出され、ふたりはまもなく宙に浮かび、すぐに上昇していった。

二枚の翼がもたらす揚力によって、ウイングボードはみるみる高度を上げていった。ケーブルが最大まで引き出されるころには、長崎の街の夜景が一望できたが、ボートのほうは航跡の煌めきが見える程度になった。

オースチンとザバーラは協力しあい、何度か操作を試してみた。ウイングボードは素直に反応し、頭上のパラセイルとの連動も申し分なかった。ひんやりした夜風を切ってのライディングはガラスのように滑らかだった。

「楽勝だな」とザバーラが風に負けじと叫んだ。「コツが要るのはケーブルを切ったあとのコントロールだろう。翼の配置が昔の複葉機みたいにずれてる。パラセイルが完全に開いてれば制御は問題ない。でも、極端に推進力が落ちてセイルが萎《しぼ》むとまずい」

「オースチンは三日月のように優雅な曲線を描いて広がるパラセイルを見あげた。

「そのときは、緊急解除レバーを引いてウイングボードを棄てればいい。距離は多少短くなるが、パラシュート降下できる。着陸地点は決めたのか?」

「衛星画像で調べておいた。島には屋上の平らな建物が四〇。着陸場所は多い。どこに降りるかは進入の角度しだいだ。最終判断はもっと近づいてから」

「そっちのリードに任せる」

オースチンはうなずきながら、腕に巻いた無線機に手を伸ばした。「島に向かって旋回する。GPSから目を離さず、二マイルの地点で軽く揺さぶってくれ。こっちでコードを切ったら、あとは滑空でいく。ぼくらが離れたのを感じたらケーブルを巻いて、島と長崎の間の海峡にもどるんだ」

〈了解〉というアキコの声がイアフォンを通してオースチンの耳に届いた。〈幸運を〉

下方のライトが消え、航跡が左へ曲線を描いた。数秒が経過し、その動きに合わせてケーブルが張った。オースチンとザバーラはふたりして身体を左に倒し、いともたやすくこの飛行装置を旋回に移らせた。直進にもどると正面に島が現われた。それは輝く海原に浮かぶ黒い染みにすぎなかった。

一直線に向かってスピードを上げていった。やがてボートが蛇行をはじめた。

「シグナルだ」とオースチンは言った。「やってみるか」

オースチンは前方に手を伸ばして、緊急時にケーブルを切り離すための赤いレバーを握った。一度引くとセーフティに掛かり、二度めで本来の機能を果たした。

金属の呻きとともにケーブルがはずれた。拘束を解かれたウイングボードとパラセイルは浮きあがり、減速をはじめた。

ダウンヒルに臨むスノーボーダーばりの前傾姿勢で、オースチンとザバーラはウイングボードをゆるやかに降下させていった。アキコが転針したことで、眼下に見えていたパワーボートの航跡は消え、吹き抜ける風音と耳のなかの血流の音以外は聞こえなくなった。

「わずかな横風」とザバーラは言った。「南へ流されてる」

重心を左に移すと足下のボードが傾いた。一瞬、滑落する感じがあったが、双翼システムのすばらしさが裏づけられ、頭上のパラセイルが下の余計な動きを補正していった。

風向きに合わせて調整して三〇秒、島の上を通り過ぎたふたりは旋回してコースにもどった。なんともいえない気分だった。オースチンは、さまざまなパラシュートで一〇〇回もの降下を経験している。ウイングスーツでベースジャンプをしたこともあれば、〝狂気の急行便《ルナティック・エクスプレス》〟のニックネームを付けられた使い捨てグライダーで飛んだこともある。だが、そうした降下は速くて激しいか、遅くて穏やかの両極端だった。ウイングボードはその中間で、身体を傾けるだけで制御が利き、わずかな体重移動で反応する一方、そのスピードには優雅な感覚があった。移動速度は時速四〇マイル、ウイングスーツを着て弾丸のように飛ぶのとは訳がちがう。「さながら空のサーフィンだな」

ザバーラもオースチン同様、満面の笑みを浮かべていた。「今夜を生き延びたら、こいつを新しい趣味にする」

オースチンは手首のタイマーを見、高度計を確認した。「高度八〇〇フィート。ちょうど一分を過ぎた。道のりの半分だ」

島に近づくにつれ、その黒くぎざついた輪郭が徐々に大きく迫ってきた。闇中《あんちゆう》にあっても不吉なものを漂わせる場所だった。怒ったように砕けては白い泡を飛ばす波が見えた。廃墟と化した建物が、かすかな光のなかで要塞のごとく佇《たたず》んでいる。

「視界を補強しよう」とオースチンが言った。

オースチンは熱感知レンズを引きおろし、ザバーラは暗視ゴーグルを装着した。するとザバーラの見ていた島がいきなり灰緑色に変わった。建物の輪郭や草が伸び放題の路地、空き地に散乱する瓦礫《がれき》が目にはいってきた。近づくほどに、すべての荒廃ぶりが明らかになってきた。

　島が放棄されたのは一九七四年のことである。それ以前から荒れ果てていた建物もあった。台風と数々の嵐に襲われて、コンクリートの外壁は残っていてもひどく崩れ、窓の一枚もなく、その隙間にはびこった植物が構造物をばらばらにしようとしている。

「狙いどおりだ」とザバーラは言った。「まだ若干流されてるけど。最初の建物の列を飛び越して、より島の中心に近い二列めに降りれば問題ないだろう」

「屋上の状態はわかるか？」

「どうかな」ザバーラはもう一度身体を左に傾けた。「まだ遠すぎる」

オースチンの視界には、島の様子がほとんどはいっていなかった。冷えたコンクリートは周囲の海面より温度が低く、島は灰色のなかにある黒い闇としか見えなかった。熱を示す小さな点が方々にあるが、そのサイズからして島に棲息する齧歯類《げっしるい》か鳥類だろう。

「黄色い煉瓦道の道しるべは？」とザバーラが訊ねた。

「マンチキンも翼の生えた猿も見当たらないな」とオースチンは答えた。

　ていねいに視線を走らせたが、迷路のように入り組んだ建物が地上にあるものを見えにくくしていた。「すこし右に流れてから、風に逆らってもどれないか？　路地をもっとよく見てみたい」

「地面が近づいてきた」とザバーラは言った。「急がないと」

ふたりは体重を右側に移し、ウイングボードを優美にターンさせた。建物の間が見えるようになると、オースチンは仄《ほの》かに光を放つエリアに気づき、その位置を記憶にとどめた。「もうちょっと行けるか？」

「あと一〇秒」とザバーラは言った。「それでもどる」

ザバーラは頭のなかでカウントを開始した。オースチンは動く気配がないか視線を往復させた。

「ここまで」ザバーラは言った。「思いきり左に倒れろ」

身体を倒したザバーラは、オースチンも同じ体勢にあると感じた。体重をかけてコントロールケーブルを引くと、双翼のグライダーは急上昇して鋭くターンした。「水平」

今度は急降下と加速が同時にはじまった。海が消え、ウイングからそう遠くない下を人工構造物がかすめていく。

「速すぎる」

シュートを引くと、その刹那《せつな》は降下が停まった。グライダーは上昇して速度を落とした。水平飛行から再降下をはじめるというとき、ザバーラは着陸ゾーンに降りられそうにないことを覚《さと》った。

「まずい。オーバーシュートして山にぶつかる。左に旋回して、島の正面の開けた場所に降りないと」

ザバーラは身体を傾けた。オースチンもすぐに反応して、岩壁といちばん高いビルの隙間に向けてウイングボードを旋回させた。

驚いたことに、オースチンはザバーラの指示に完璧に従いながら、熱探知ゴーグルで熱源を探りつづけていた。

「まっすぐ」とザバーラ。

彼らは中心の丘とその左側にある建物の隙間めがけて進んでいた。ザバーラの計算では、二〇フィートの余裕をもってクリアできるはずだった。

突然、オースチンがケーブルを引いた。「引きかえせ」と叫んだ。

「えっ？　なぜ？」

「思い切り左」オースチンはそう言って身体を鋭く傾けた。

ザバーラもオースチンの指示どおりにして、ウイングボードを一八〇度急旋回させた。その結果、速度と勢いが削《そ》がれて、ボードは新たな方位に向けて急激に降下していった。

ある建物から生えていた樹木がウイングボードの底を擦った。ザバーラは前方に着陸ゾーンを探した。

二〇〇フィート先に広い屋上があったが、そこには降りられそうもなかった。

「右へ」とザバーラは言った。

カーブを切って右へもどると、さらに高度が落ちて別の建物の屋上を叩いた。その衝撃でバウンドしたボードは前方に滑り、翼の右の端が通気孔をかすめてスピンした。ザバーラは足を固定していたバインディングから放り出された。床にぶつかって何回転もして、途中で暗視ゴーグルを失《な》くした。

顔を上げると、ウイングボードが滑っては停まり、また動きだすのが見えた。パラセイルが丘からの吹きおろしをつかんでいたのだ。ボードに足を固定したままのオースチンが、急いでセイルを回収しようとしていた。

ザバーラはオースチンのもとへ急ぎ、パラセイルの反対端をつかんで強く引いた。それでセイルは落ち着き、ウイングボードも動きを止めた。

あんな際どいタイミングで危険な転回を求めた理由を問うまでもなく、丘のむこう側からヘリコプターが現われ、轟音とともに頭上を飛び去っていった。ライトはすべて消されたままで、見えたというより聞こえたというほうが近い。

「絶妙なアプローチとランディングを台無しにしてすまなかった。が、丘の頂上に達するまえにエンジンの熱プルームが見えた」とオースチンは言った。「あと何秒か遅れたら、ヘリのローターを痛ましい方法で停めることになっていた」

「見られてないことを祈るばかりさ」ザバーラは遠方を見やった。低空をまっすぐ飛んでいくヘリコプターの音が聞こえていた。相変わらずライトを点けずに島から遠ざかっていた。ふたりに気づいた気配はまったくない。「われわれの予備の着陸ゾーンはヘリパッドとして使われていたらしい。離発着するにはやたら窮屈だけど。おれがパイロットなら、サイドクリアランスが心配で、上から落ちてくるものにまで気がまわらないな」

「気づいたら引きかえしてくるはずだ」とオースチンは言った。「さあ、このシュートを片づけてしまおう」

オースチンはパラセイルの布地をまとめてガイドワイアで束ねた。ザバーラはウイングボードの端を持ちあげ、オースチンがその下にセイルを押しこむのを手伝った。

彼方のヘリコプターが航行灯を点け、街へ向かってバンクしていった。「引きかえすつもりはなさそうだ」とザバーラは言った。「問題は、連中がナガノを連れていったかどうかだろう？」

オースチンは首を振った。「連れてきたナガノを連れもどすっていうのもおかしな話じゃないか。あのヘリはシャトル便だ。配達されたナガノは大丈夫、おそらくおまえの昔なじみの〈牛鬼〉とここにいる。気づかれないように、ここには長くヘリコプターを置いておけないのさ」

43

端島

荒廃した建物の傍らで、〈牛鬼〉は飛び去るヘリコプターを見送った。自分も乗っていきたかったが、ハンから残るように指示された。ハンは、刀剣が本物なら金を持ってすぐにもどると言った。

本物でなけりゃ困る、と〈牛鬼〉は思った。せっかく警官三人と、神職を六人も殺して手に入れたものなのだ。

手に取った剣を眺めた。死んだ神主たちを信じるなら、これぞ名にし負う〈本庄正宗〉だ。〈牛鬼〉には確信がなかった。はっきり言って、この刀は軽い。軽いどころかほとんど重さを感じない。しかもこの輝きときたら。

まわりには瓦礫と崩れかけのコンクリート、絡まる蔦《つた》。雲が厚く垂れこめ、いよいよ嵐が近づいていたが、その太刀はかすかに届く光を捉えて増幅させている。噂《うわさ》では、正宗は砕いた貴石を刀身に埋め込んだとされる。が、見てわかるような跡はなく、そんな細工をすれば刃が脆くなって戦いの役に立たない。にもかかわらず、この刀は手のなかで光を放つようだった。

背後で錆《さ》びた金属製の扉が開き、ハンの主任研究者のガオが頭を突き出した。どこか野生味を残したガオの顔に、〈牛鬼〉は巣穴から現われた齧歯類を連想した。

「いっしょに来てもらおう」とガオは言った。「ハンから全員屋内にいろと言われてる」

〈牛鬼〉は首を振った。閉じた空間は好かない。刑務所でさんざん味わわされた。それに汗も出てきた。熱がぶりかえしたのだ。もっと強い抗生物質が必要だ。「行け、おれはここに残る」

「好きにしろ」とガオが言った。「ただし、剣は渡してもらおうか。研究室で調べる」

〈鬼〉は剣を手渡すどころか、小柄な科学者の胸先に突きつけた。「金が先だ」

ガオは後ろに退き、刃との間に若干の距離をとった。いま一度〈鬼〉を見ると階段口に引っこみ、朽ちかけた木戸を閉じた。

〈鬼〉は周囲に目を向けた。この位置から見えるものといえば遺棄された石柱と、坑夫に抉《えぐ》られて崩れた丘ぐらいだった。それでも、この無人島は探索されたがっている。近づく雨の匂いがしたが、〈鬼〉は意に介さなかった。むしろ熱を下げてくれるかもしれない。足の向くまま、彼はヘリコプターが降りた広場を横切り、闇の奥へとはいりこんでいった。

44

端島、37号棟

オースチンは建物の縁で腹ばいになっていた。赤外線フィルターを通して地勢を調べると、中央の山は右に、九階建てのビルが左にある。コンクリート製の歩道橋が、両者の間に数階下で斜めに渡されている。

丘の中腹は暗く低温で、熱源らしきものはなかった。橋はそれ以上に暗い。むこう側の棟に残るコンクリートシェルは、空洞を積み重ねたような格好に見えた。

ザバーラがオースチンの脇を這って前に出た。

オースチンは顔を上げた。「暗視ゴーグルは見つかったのか？」

「いや」とザバーラ。「縁から落ちたんだろう」

「おれたちが落ちるよりましだ」

「たしかに。何か見える？」

「空き地に楕円形《だえんけい》の跡がある。この二時間、ヘリコプターがあった場所に熱が溜《た》まってる」

「乗客の姿は？」

「まだひとりも。熱を放出する孔や戸口もない。どの棟も真っ暗だ」

「黄色い煉瓦道があるんじゃないのか」

オースチンが建物の観察にもどったところに雨が落ちてきた。初めはぱらぱらと肩を軽く叩き、髪をゆっくり伝っていったが、じきに間断なく降りだした。熱帯性の豪雨ではなく、冷たい灰色の煙雨がおそらく夜どおし降りつづくことになる。

さしあたって雨のことは気にとめず、オースチンは目下の仕事に集中した。建物を一棟ずつ、縦横に目を走らせていった。それで驚いたのは、複雑にもつれ合う建物群だった。数十年にわたって建設され、密集するあまりかろうじて自転車が通れる路地もあれば、相互に組みこまれ、外壁を取り払って廊下を通した棟もある。少なくとも、それがオースチンの部下たちが、そのどれに隠れていてもおかしくない。少なくとも、それがオースチンの第一印象だった。

「建物は思ったより老朽化してる」とオースチンは口に出した。「解体業者なら、ここで一日を存分にすごせるな」

「業者は要らないかも」とザバーラが言った。「一部はとっくに崩壊してる」

ザバーラの言葉を聞いて、オースチンはひらめいた。「連中の居場所がわかった」

「何か見つけたのか？」

「なにも」とオースチンは認めた。「でもこの島で隠れるとしたら、いまにも崩れそうな建物に店を構えるか？　雨風をしのげないような場所に？」

ザバーラがにやりとした。「それはないな。となると、地下にもぐる？」

オースチンはうなずいた。「この島では何十年も石炭が掘り出されていた。ここの鉱山には入口がいくつもあるし、広い坑道は暖かくて濡《ぬ》れることもない」

「そそられるな。行こう」

最初に行き着いた階段は非常時用で、建物の外側に設置されていた。錆びた金属は薄片の剝《は》がれがひどく、ところどころ建物から遊離している。どう見ても安全ではない。

オースチンがブーツで押すと、階段全体が揺れた。「ひとりだって支えられそうにない」

「別の道を探そう」とザバーラは言った。

そして見つけたのは屋上の陥没した部分で、コンクリートスラブの片側が下に落ちこんでいた。建物内に向けてランプウェイのように傾いている。ふたりは濡れた表面を慎重に進み、最後の数フィートは滑り降りた。

建物の内部はじめじめして悪臭の漂う世界だった。雨水が天井にあいた一〇〇個の穴から滴《したた》り、草木や蔓《つる》植物がはびこっている。深さ数インチの泥が床を覆っていた。

「清掃業者はストライキ中だ」とオースチンはつぶやいた。

赤外線ゴーグルも暗いコンクリート建築の内部では役に立たなかったが、すぐに内階段が見つかり、ふたりは扉をこじあけると二棟をつなぐ橋へと降りていった。

「ここを渡れば、外に出ないで地上階まで降りられる」とオースチンは言った。

「屋内でも濡れずにはすまない」ザバーラが雨滴をまたひとつかわして言った。「人目にはつかないけど」

ふたりは用心しながら橋をたどった。大きく開いた穴や広がる割れ目があり、あまり長くは持ちこたえられそうにない橋だったが、とにかく渡り切ることができた。オースチンは片膝《ひざ》をつき、ザバーラに止まれと合図を送った。

「おれが間違ってた」オースチンはささやいた。

「あんたが？　まさか」

オースチンはうなずいた。「誰もが目につかないわけじゃない。丘の中腹に偵察がいる。男がふたり。あの場所にいられたら、こっちが広場に出たとたん姿を見られる」

雨中の偵察は気の滅入《めい》る任務だ。それを強制された経験のある兵士はみなそう思う。ハンの部下たちも例外ではなかった。命じられたことはやるにせよ、それを気に入る必要はない。島にそびえる中央の丘を徒歩で登りはじめたものの、茂みのなかの登山は滑りやすい古階段を昇る以上に困難だった。ふたりは頂上に達して配置についた。

「何か見えるか？」とリーダー格が訊ねた。

相棒が首を振った。「この装置がおかしくて」と言って暗視ゴーグルをはずした。「光ばかり見えるんです」

リーダーは雨合羽のフードを脱ぎ、手下のほうに歩み寄った。ふたりとも暗視ゴーグルを持っていたが、雨中ではさほど効果がない。雨粒も水の例に洩《も》れず、光を屈折させる。降雨のなかで地勢を観察するのは、万華鏡を覗《のぞ》くようなものなのだ。

リーダーはそのゴーグルを覗くと手下に返した。「解像度を下げろ」

そして自分のゴーグルも同じような設定にした。ただ、遠くに走る稲妻も問題だった。ゴーグルには失明防止回路が内蔵されているが、それでも稲光がするたびにスクリーン上でフレアが数秒持続する。

「ここにいる必要があるんですかね?」手下がまたゴーグルを装着し、雨合羽を頭からかぶって言った。

「ボスが望んでいるからな」と声がした。

ハンの部下たちは振り向いたが間に合わなかった。ひとりは木の枝で顔を殴打され、もうひとりはボディブローから後頭部へのKOパンチ食らって身体を折った。

ふたりが目を覚ましたときには、さるぐつわを咬《か》まされ、木に縛りつけられた状態で、武器とポンチョと暗視装置を奪われていた。

ハンの部下たちから奪った雨具を着けて、オースチンとザバーラは場になじんだ格好になった。ふたりは丘を横切り、別の階段を見つけて地上まで降りた。オースチンは赤外線ゴーグルを使い、ヘリコプターの残留熱の位置を再度確認した。雨のせいで急速に消えつつある。

その着陸エリアのむこうの壁に目を向けた。山には切削された開口部がいくつかあり、いまはバリケードでふさがれている。肉眼ではどれも同じに見えるが、感熱性のゴーグルを覗くと、開口部のひとつで深紅色が揺れていた。

「空き地のむこうだ」とオースチンは言った。「左端の竪坑《たてこう》。あそこだ」

「見張りの気配なし」とザバーラ。

「いまのうちに行こう」

オースチンはゴーグルを上げると広場を駆けた。トンネルの脇で壁に張りついた。ザバーラがすぐ後ろに控えた。ざっと見ただけで知りたい情報は確認できた。「トンネルは空だが熱を放出してる」

ザバーラが降りしきる雨を見あげた。「暖かくて乾いてる。よさそうだ」

オースチンはうなずいた。それ以上は言葉を交わさず、ふたりは音もなくトンネルに侵入した。


地面がぬかるんでいくなか、〈牛鬼〉は島の探索をつづけた。ここまで朽ちた場所に来たのは初めてで、〈牛鬼〉はその美しさに魅せられていた。崩れかけた建物、瓦礫の山、索漠《さくばく》とした風景が心に訴えかけてきた。

人がいなくなった世界はこうなるのだ。人類が地球に残した取るに足りない染みなど、自然が消し去るのにさして時間はかからない。あっという間だ。

防潮堤に近づくと風が勢いを増していた。もう充分だった。〈牛鬼〉は踵《きびす》をめぐらし、実験室に引きかえそうとして足を止めた。

前方の瓦礫から、かすかな明かりが放たれている。しばし静止してから近づいていった。明かりが消え、ふたたび瞬《また》いた。

〈鬼〉は目ざわりな茂みを刀で切り払った。枝がすっぱり断たれ、明かりがよく見えるようになった。〈鬼〉が目にしていたのは、低出力のＬＥＤが付属した小さなスクリーンだった。

身をかがめ、瓦礫のなかから取りあげるとすぐに得心がいった。これは破損した暗視ゴーグルだ。前面のプレートがなくなって画面が割れているが、まだ使える。軍や警官隊が夜間の奇襲時に使用する機種にちがいない。

〈鬼〉はいまにも撃たれるか、襲われるかと思いながらあたりを見まわしたが、そんなことにはならなかった。かといって、ハイテク機器が空から降ってくるわけが……

言葉は胸の深くに呑みこまれた。〈鬼〉は傍らの虚《うつ》ろな石柱を見あげた。雨が、霧の帳《とばり》とホワイトノイズでそれを包みこんでいた。ゴーグルの破損の具合からすると、高速の衝撃か長い距離の落下があったらしい。片側はへこんで擦《こす》った痕跡《こんせき》が残り、反対側は無傷だったが弾《はじ》け飛んだ部品もある。ざっと探してみたが、紛失した部品は見当たらなかった。

やはり空から落ちてきたのか。

〈鬼〉は破損したゴーグルの電源を切ってベルトに留め、あの棟への入口を探しに向かった。

45

オースチンとザバーラが静かに移動するトンネルは、山中に向かって下っていた。入口に築かれた小さな盛り土が水を堰《せ》き止めていたが、雨水はすぐに溜まり、やがてその原始的な堤防を迂回《うかい》してトンネル中央の細い水路を流れ、竪坑の縁を越えて深みに落下していく。手前にあるエレベーターは使われていないようだった。

「ここはもうずっと放りっぱなしみたいだな」とザバーラは言った。

オースチンはその竪坑を赤外線スコープで見おろした。「熱もシャフトを上がってきてない。下にはいないな。おそらく奥にも」

先を進んでいくと、ようやく最近何者かが滞在した痕跡が見つかった。古い電線が取り換えられ、壁に沿わせた新しいワイアが仄《ほの》かに光る一連のLEDに接続されていた。

トンネルの分岐点に来ると、オースチンは赤外線《IR》ゴーグルを使って地面を調べた。

足跡の残留熱が見えた。その大半が左に向かっている。オースチンは跡を追った。

ザバーラが腕に手をかけてきた。「間違いないか？」

「黄色い煉瓦道だ」とオースチンはささやいた。「人通りが多いのはこっちだ」

信じれば報いありで、ふたりはプラスティックで被覆された三層構造の扉に行き当たった。その把手《とって》が最後に手をふれた者の熱で輝いていた。

オースチンはゴーグルを跳ねあげた。「ハンはちょっとした改装をしてる」

ザバーラがうなずいた。「これは接待用スイートじゃないって気がするね」

オースチンは扉の把手を試した。「施錠されてない」と声をひそめた。「入場しようか」

ふたりは丘でハンの護衛から奪った銃の安全装置をはずし、態勢をととのえた。

ゆっくりと小刻みに把手を引きおろしていくと、乾いた音がしてラッチがはずれた。

そっと扉をあけたオースチンは、空気の小さな波が通り過ぎるのを感じた。室内が陽圧状態に保たれていたのだ。

扉を押し開き、その隙間にザバーラが銃を挿し入れた。だが挑んでくる相手はいなかった。「もぬけの殻だ」とザバーラが言った。「見学しよう」

ザバーラが先にはいり、つづいたオースチンは扉をあけたときと同様、慎重にしめた。部屋は無人だったが機材は充実していた。複雑な機器がそこかしこの床にボルトで固定されている。棚には組み立て式の部品——ジャイロスコープ、サーボ機構、ロボットの腕と脚——が並んでいた。

「お友だちのハンだけど、ロボットにたいする異常な執着について、誰かに相談したほうがいいかもな」とザバーラが冗談めかして言った。

「それだけじゃないぞ」とオースチンは言った。

ザバーラが棚の部品を調べているあいだに、オースチンは部屋の奥へと向かい、ハイテク3Dプリンターを発見した。電源がはいったままで、手をふれると温かい。制御パネルの小型スクリーンをタップすると、一連の漢字とともにパスワードを求めるブランク行が表れた。オースチンはそれをそのままにして他をあたった。

3Dプリンターの横にあるテーブルは斜めに傾き、そこにシートで覆われたものが横たわっていた。オースチンはそれが拷問《ごうもん》され、事切れたナガノだと覚悟しながらシートをめくった。ところが、そこにあったのは、これもまた未完成の人型ロボットだった。顔も身体パネルもなく、骨格に四肢とワイア、そして動力電池のみ。オースチンは胸を覆う気胞と液体貯蔵器に目を留めた。

ザバーラがロボットの腕を二本抱えてやってきた。「手を貸そうか？」

「笑わせるじゃないか」

「フランケンシュタイン博士もここじゃ用なしだ」

オースチンはうなずき、未完成の創造物にシートをかぶせて先へ行った。奥の壁はスモークガラスになっていた。赤外線スコープを下ろしたが、見えるのは自分の熱反射だけだった。

ゴーグルを上げて顔をガラスに押し当て、反射を目に入れずにガラスのむこうにあるものを見定めようとした。はっきりしなかったが、音が聞こえた。というか、何かを感じた。ガラス越しに振動が伝わってくる。数人が低い声で話しているようなざわめき。

オースチンはザバーラを手招きした。「聞こえるか?」

ザバーラは耳をガラスにあてた。「会話か?」

「くりかえしてばかりだ。同じ言葉を何度も何度も。むしろ歌か祈りに聞こえる」

「おれがナガノなら、いまこのときも助けを求めて祈ってる」

扉を探すと、パネルの一枚がばね仕掛けの磁気ラッチで留められているのがわかった。一度押して解放してから、オースチンは扉を引きあけた。

唸《うな》るような音は、大きくはなっても明瞭《めいりよう》にはならなかった。オースチンはその部屋に足を踏み入れた。いくつも並ぶ処置台には、やはり未完成のマシンがシートをかぶせられたままにされ、奥の高解像度スクリーンの前にはふたつの人影があった。そのふたりは画面を注視しながら聞いた言葉を反復し、同じフレーズをひたすら唱えていた。

オースチンは拳銃《けんじゅう》を握って近づいていった。前方に位置する人影は、接近するオースチンにまるで無関心だった。トランス状態といってもいい。

壁に照明のスイッチを見つけて、オースチンは銃を構えて静止した。なぜか、彼らが反復するフレーズを聞き取ることができた。ふたりは英語をしゃべっていたのだ。さらに不思議なのは、そのフレーズを話す声に聞き憶えがあることだった。

「日本は中国の同盟国にはならない」と画面上の人物が言った。

「日本は中国の同盟国にはならない」と立っているふたりもくりかえした。

オースチンはスイッチを弾いた。ふたりの人物とも反応しなかった。ひたすらしゃべりつづけていた。開始したら終了し、また開始するという無限ループなのだ。

オースチンはふたりの正面にまわりこんだ。彼らは瓜《うり》ふたつで、無造作に伸びた銀髪に深い青の瞳、三日分の無精ひげまでたくわえている。オースチンは鏡を、それも二枚の鏡を覗いている気分に襲われた。いま目の前にしているのはロボットの自分自身だった。

〈牛鬼〉は荒れたビルの最上階でたたずんだ。屋上への階段は瓦礫でふさがれていたが、オレンジ色の光が雲間から天井の裂け目を通して見えた。そちらに歩を進め、傾斜路状に陥没した屋根パネルをよじ登り、最上部で足を止めた。外に出るまえに屋上全体に目を走らせ、人気《ひとけ》がないことを確かめた。

ふたたび雨のなかに出て、屋上に立ちつくした。兵士も警官も、パラシュートも装備も見当たらない。どうやら島への襲撃はこれからはじまるようだが、ここには場違いなものがあった。幅がある扁平《へんぺい》な物体で、朽ちたほかの屋上の表面とはちがって微光に煌めいている。

一二フィートのウイングボードは飛行機から落下したようなありさまだった。それでも破壊されていないのはひと目でわかる。下に慌てて押しこんだらしいパラセイルも見つかった。

「オースチンだ」と〈牛鬼〉は誰にともなく言った。

そして弾かれたように屋内に取って返し、階段を駆け降りると、ハンのヘリコプターの接近を告げる最初の響きが聞こえてきた。ハンに警告しなければ、オースチンにすべてを台無しにされてしまう。

46

端島

「日本は中国の同盟国にはならない」

その言葉を耳にして、オースチンはあまりに自分の声と似ていることに茫然《ぼうぜん》とした。録音されたメッセージの声ではなく、あたかも自らの肉体が発したかのように聞こえたのである。

画面が明滅した。新しい映像が現われた。そこでは日本の首相が中国との友好関係を深める可能性に言及していた。

「いまにわかるさ」とオースチンのドッペルゲンガー型ロボットたちが言った。

今回は声が遠く、とくに二体めは言葉がやや不明瞭だった。モニター上で同じ場面がくりかえされた。

「いまにわかるさ」とロボットたちが応じた。声はますますオースチンに近づき、凄《すご》みも増していた。

「学習してるんだ」とオースチンは言った。「練習してる」

「録音を使ってプログラムしたほうが簡単なんじゃないか？」とザバーラが自説を述べた。「ナガノの警察署のロボットアシスタントみたいに」

「あのロボットは、ひと目で機械だと識別できた」とオースチンは言った。「話すたびに唇が動いたにしても、ただの見せかけだった。このロボットたちはしゃべってる。空気を吐いて音を出し、唇でその音をととのえる。息をして、まばたきして、汗までかく。おれがここに立ってなければ、おまえだっておれと間違えるかもしれないぞ」

「見た目は本物よりいいけど」ザバーラはそう言ったそばから、「ふたりの進歩をモニターする人間がここにいないのはおかしい」と付け足した。

オースチンは暗がりに瞬くコンピュータ端末とサーバーユニットの列を指した。画面上の表示は絶えず展開していた。「監視はコンピュータがやってるんだ。機械が機械を訓練してる。これぞ反復的かつ冗長なプロセスって気がするな。人間らしい挙動を充分に学習するまで、機械はこれを何度も何度もくりかえすんだろう」

オースチンが話している間に、ロボットたちが前に進み、別室にはいっていった。

オースチンは後を追った。そこは模擬実験装置だった。ハンの工場にあったものに似ているが、こちらのほうが小さい。限られたスペースを補うため、湾曲した壁一面にスクリーンが並び、ロボットの周囲を照らしていた。

「あれはハンの資金で建てられたパビリオン〈友好館〉だ」とオースチンは言った。「日本の総理大臣が明日出席して、中国との新しい協力協定に調印する。いまはその交渉の話でもちきりだ」

「そして数日後には日本の国会で、アメリカとの安全保障条約廃止の投票がおこなわれる」とザバーラが言った。「ここまで揃《そろ》うと無気味だな」

「それも偶然ではない。ただし記事を読むかぎり、安保条約は危機に瀕《ひん》しているわけでもないらしい。日本は中国でもっとビジネスをと考えてはいるが、軍事面で独立しようとまでは望んでない」

二体の複製が前進をはじめ、トレッドミル上を歩きだした。この移動にともない、周囲の風景が仮想環境で変化していった。二体は裏口からはいり、正面ホールに通じるルートをたどっていた。

仮想の群衆にまぎれて二体が待機していると、日本の首相と中国の大使の画像が壇上に現われた。ウォルター・ハンもデジタル表示で同席しているのは、ハンがこの協定と急速に深まる二国間の友好関係を促進したからである。

まずは握手、つづいて文書への調印がおこなわれ、大使が右側に署名してペンを総理大臣に渡した。そのペンが紙に置かれたその瞬間、機械版のオースチンたちが反応した。ジャケットの内側からダミーの拳銃を抜いて狙いを定めた。

「日本は中国の同盟国にはならない！」と二体は叫び、銃を構えて引き金をひいた。

実際に発砲がなかったのはもちろん、空包もなければシミュレートされた銃声すらなく、ただ引き金が硬い音をたてると画面上に赤い輝点が浮かんでいき、システムが首相と大使ほか一名の政治家に複数発命中したことを記録した。殺害任務は完了し、両ユニットは右手に進んで逃走を開始した。

シミュレーションはそこで終わり、両機とも活動を停止すると拳銃をショルダーホルスターにもどした。

周囲のスクリーンがホテルのロビー設定に変わり、レプリカが歩いていった先には座席がふたつ並んでいた。二体は腰をおろし、ごく自然に脚を組んで待った。動作にぎくしゃくしたロボットらしいところはなかった。うち一体はテーブルから雑誌を取りあげ、指を舐《な》めてページをめくっていった。

「シュールで言葉が出ない」とザバーラが言った。「ハンがこいつを成功させたら、あんたが日本の首相を殺したって全世界が思うだろうな。日本の条約離脱を必死で阻止するアメリカってとこだ。中国と日本の接近をどうにか食いとめようとして」

オースチンはうなずいた。「むこうは工場でおれのことを撮影していた。それでこのプログラムを構築できたわけだ」

「安保条約は無事だって話だったけど、世界があんたの首相銃撃を目撃したら、投票は地滑り的に条約離脱のほうに向かうぞ」

「このラボごとすべてを壊せば、そうもいかない」

「それを見過ごすわけにはいかない」暗中から声がした。

部屋のむこう端から発せられたその声の主はハンだった。

オースチンは振りかえったが、そこに人影はなく、壁に設置されたスピーカーがあるだけだった。ザバーラの背後で扉が開き、三人の男が突入してきた。さらにふたりが部屋の反対側から侵入してくると、オースチンは残された唯一のチャンスに賭《か》けるしかなかった。自身のレプリカめがけて火蓋《ひぶた》を切った。

一体めに数発を撃ちこんだが、ロボットは驚異の速さで反応した。銃弾を胸、脚、顔に浴びようがものともせず、椅子から飛びかかってきた。

ロボットはプロレスラー顔負けのタックルを決め、床に叩きつけたオースチンの手から銃を弾き飛ばした。

機械の自分自身との肉弾戦を強いられ、オースチンは膝でマシンのが鳩尾《みぞおち》を蹴ったが効き目はなかった。片腕を振りほどき、機械の顎に右クロスを繰り出した。すると人工の皮膚が裂けたが、その下には詰め物とチタンの骨格、小さな油圧モーターがあるばかりだった。

反撃に出たロボットが、オースチンの首をつかんで絞めつけ、脳への血流の遮断にかかった。オースチンは指の爪《つめ》を人工の肉に食いこませ、むしった。ワイアを見つけて引き抜いてやりたかった。

それは無理な相談だった。ロボットに脆弱《ぜいじゃく》な臓器などなく、急所も弱点もない。引き抜けるプラグも、はずせるバッテリーもなかった。

失神寸前に陥りながら、オースチンは頭突きで人工の鼻をへし折ったが、機械は空《うつ》ろな目で見つめかえしてくるばかりで、さらにきつく首を絞めてきた。

世界が暗転していくなか、オースチンはザバーラがハンの人間の部下たちと戦う物音を耳にした。自分を押さえつける腕のむこうを見ると、ザバーラは床に転がり、三人と争っていた。ひとりが拳銃で相棒を殴りつけた。

「くだらない争いをやめないと、ふたりとも苦しみぬいて死ぬことになるぞ」とハンが叫んだ。

どのみち争いは決着がつこうとしていた。オースチンは一時退却を決めた。ロボットから放した両手を挙げて降伏した。さいわい、ロボットは喉《のど》をつぶすのをやめてくれたが、機械の手はそのままに置かれていた。

室内が静まるのを見はからってハンが登場した。独特な靴音が一歩ごとに床に鳴り響いた。オースチンの傍らでしゃがんだハンは、複製ロボットの胸と顔に穿《うが》たれた弾痕を調べた。

「愚かな真似《まね》を」とハンは切り出した。「あのときレースコースで言ったとおり、人間は機械の敵ではないのだ。私の創造物――私のカート・オースチン――は、あらゆる点できみを上回っている。力もスピードも反応の速さもだ。で、何より重要なのは、痛みも恐れも感じない能力だな。じきにきみも、それが自分の限られたプログラミングに組み込まれていればと悔しがることになるだろう」

47

上海

ガメーは眠れずにいた。心配事が多すぎて、自分ではどうすることもできなかった。一方のポールはＩＮＮの中継用ヴァンのフロアで横になり、フォーシーズンズ・ホテルのキングサイズのベッドでくつろぐように寝息をたてている。夫を起こしたいという衝動に抗《あらが》って、ガメーは編集ステーションの席に着いた。いまは午前三時。車内の空気は冷たく湿っていた。外はまだ真っ暗で、門のある駐車場の防犯灯だけが灯《とも》っている。

ホテルを使うリスクを避け、今夜の宿はこのヴァンにした。が、これは長期的な解決策にならない。中国側に居場所を覚《さと》られていないとはいえ、いずれはネットワークの人間がヴァンを使うか給油をするか、あるいは整備に出すこともあるだろう。

そういった可能性が現実にならなかったとしても、このままではふたりとも遠からず気が変になるにちがいない。

暗闇に目を凝らすうち、ガメーは動くものに気づいた。今度は躊躇《ちゅうちょ》なくポールの脇腹をつついた。

「どうした？」ポールがはっと目を覚まして言った。

「誰か来る」

「誰が？」

「見えない」

「警備員か？」

ガメーは夫にきつい視線を投げた。「〝見えない〟って言ってるのに、なぜ矢継ぎ早の質問をするの？」

「ごめん」とポールは返した。「寝ぼけてた」

ポールは毛布を丸め、備品用ロッカーの下に押しこんで立ちあがると、これまで何度もやったようにヴァンの低い天井に頭をぶつけた。「これで目が覚めた」と、痛みも怒りも見せずに答えた。

ふたりはフロントグラスから外をうかがい、駐車場の暗がりに動く者の気配を探った。なにも見えなかった。

後部ドアにノックの音がして、ふたりはぎょっとした。

ポールがドアに手を伸ばした。

「ポール」とガメーが低声《こごえ》で注意をうながした。

「どうする?」ポールは肩をすくめて言った。「まあ、秘密警察はノックしないような気がするけど」

ポールはレバーを弾き、ロックが解除されたドアが大きく開いた。そこに現われたのは警官でも軍人でもなく、完璧にメイクをしたメラニー・アンダーソンの笑顔だった。

メラニーはヴァンに乗りこんでドアをしめた。

「なぜノックを?」

「ほら、ミス・マナーズなんかで読んだりして」

「きみのお母さんは誇らしく思うだろうな」とポールは笑顔で応じた。

メラニーは保温カップをふたりの前に置いた。「コーヒーよ。ふたりでシェアしてもらうわ。だって、ひとりで三個のカップを持ち込んだら怪しまれるでしょう」

「ポールが死ぬほどコーヒーを飲みたがってるって知ってるんだったら、わたしから夫を奪うつもりじゃないかって疑うところよ」とガメーは言った。

ポールはひと口飲むなり、伝説の〈青春の泉〉の水を口にしたような顔をした。

「ああ、これはいい」と言ってカップをガメーに渡した。

ガメーとしては、とりあえずその香りだけで充分だった。彼女はメラニーに向きなおった。「あなたは夜が明けたら来ると言ったわ。わたしの目がおかしくなったなら別だけど、まだ朝になってない」

「わたしのせいじゃない」とメラニーは言った。「支局長から電話があって、早く来いって言われたの。うちの局がまたハッキングされて、わたしが最後にやったリポートのせいじゃないかって」

「でも、あなたたちがハックされたわけじゃない」とガメーは言った。「仕組んだのはわたしたちだから」

「だから、それでわたしのほうも心配になって」メラニーはZipドライブを掲げた。「ここに来たら、支局長はこれをよこして立ち去ったわ。すぐに中国を離れられるように、急いで移動の準備をするからって。わたしもそうしたほうがいいって真剣に言われた」

「それに何がはいってる?」とポールは訊ねた。

「さあ。暗号化されてるの。でもハッキングされたのは本国よ。うちのニューヨークのオフィスに侵入されて、衛星が二分間の障害を起こして、制御が回復したときにはこっちに情報が送信されていた。あなたたちの信号を送り出したのと同じ衛星で。だから、あなたたちふたりに向けられたものじゃないかと思ったわけ。見てみる？」

ガメーは、メラニーから受け取ったZipドライブをラップトップのスロットに挿して電源を入れた。しばらくしてログインウィンドウが現われた。NUMAのパスワードを使うと、ファイルのリストが表示された。

「ルディからよ」ガメーは最初のファイルを開いた。画面上でプレゼンテーションがはじまった。

ポールは疑心暗鬼だった。「パワーポイントのプレゼン資料を送ってきたって？偽造パスポートに変装用具に、オリエント急行の切符じゃなく？」

ガメーは笑った。「あの列車がこの極東まで来てないって知ってるくせに」

「ほんの冗談さ」

ガメーはファイルの最初のページを読み進んだ。「あなたが不在のあいだに、プリヤが地質学チームと仕事をしてたみたい。わたしたちが送ったものを調べて、水の出所を突きとめたらしい。ハンの採掘事業で地球深部に亀裂《きれつ》が生じて、遷移帯の下から水が放出されているって」

ポールは身を乗り出した。「それは地下二〇〇マイルだ」

「水は強烈な圧力を受けて」ガメーは読みながら要約していった。「Z波はその水が起こしたもので、水を放出する鉱物の名前は……リングウッダイト」

「リングウッダイト？」ポールは問いかえした。

「正しく言えてる？」

「完璧だ。ただし……」とポールは口ごもった。「つづけて」

ガメーはポールを横目で見た。夫は何かを隠している。だが彼女は無理強いすることはせずに、つぎの数行に目を通してさらに要約していった。「添付されているのは証拠と計算結果、それと二種類のプレゼン用素材。ひとつは高度に専門的で、もうひとつは概略を説明するもの。リングウッダイトの莫大《ばくだい》な埋蔵量と断裂が進行している状態から、水の総放出量は現時点では計算できない。でもこのまま放置したら、一〇年後には海面が二〇〇フィート上昇するらしい」

「二〇〇フィート？」今度はメラニーからだった。

ガメーはもう一度、正確に読んでいることを確かめた。「そう書いてあるわ」

「つづけて」ポールが静かに言った。

「ほかの計算は推測値だけど」ガメーはページの続きを見て言った。「終末論的なシナリオもあって、それによると地表全体が五〇年しないうちに水に覆われるわ。このシナリオは極端だけれど、そうなる可能性は排除できない。原因はまだはっきりしないものの、リングウッダイトの断裂は勝手につづき、しかも加速している。四方八方に枝分かれして拡大していく。新しい断裂が生じるたびに、ますます水が放出される。それがまた断裂を生む」

いまや三人はコンピュータを囲んでいた。

「そんなおかしな話を思いつくのはわたしだけだと思ってた」とメラニーが言った。

「終末論的シナリオ？　全世界が水に覆われる？」

「不合理に聞こえるけど」とポールは言った。「でも水がそんな深い場所から来てるとすれば、これは現実に起こり得ることなんだ。信じる信じないは別として、深い岩層に閉じこめられた水は地球の全海洋の水より多い。三、四倍はある。それが鉱物に封じこめられ、とてつもない圧力で押さえつけられてる。でもその圧力が解除されて、水が海面に向けて流出しはじめたら……」

「あなたは知ってたの？」とガメーが訊いた。

「もちろん。地球深部地質学だ」

「最初に海面上昇の調査をしたときに言わなかったのはなぜ?」

ポールは肩をすくめた。「早い段階で考えてみたけど可能性としては除外した。その深さから水を汲《く》みあげるプロセスとして知られてるのは、大規模なマグマプルームの噴出と、それにつづく火山の噴火しかない。この一年は火山活動が停滞していたし」

ガメーは科学チームがまとめたデータに注意をもどした。図を見ると、中国の採掘作業で生じた裂け目が示されていた。「地殻の断裂は既存の測定値を超えて下方に広がっているわ。あらゆる方向に分岐してるみたい」

「そこが例の間欠泉地帯の発生源だ」とポールは言った。「あそこの果てまでは見えなかった。いったいどれだけの数があるのか。数百、数千かもしれない。それらが全部、深部から水を汲みあげているんだ」

ガメーはすでに発見のショックを乗り越え、急いでほかのファイルを繰っていった。

「何を探してる?」とポールが訊ねた。

「ここから脱出する方法について」やがて〈指示〉というタイトルのファイルに行き当たった。「ルディがつぎの行き先の住所を指定しているわ」

「隠れ家?」ポールは期待をこめて訊いた。

ガメーは位置情報をコンピュータに打ちこんだ。「どうかしら」

メラニーが地図を覗きこんだ。「隠れ家じゃないわ。国家安全部上海支局。秘密警察の地方本部ね」

ポールはのけ反った。「ルディは味方だと思ったのに」

「まさかそこまでは探さないって思ったのかしら」

「ルディはそこに隠れろとは言ってない」ガメーはそう応じると先を読んだ。「出頭するよう求めてる。ただし、相手はチャンという人物にかぎるって。いいえ、チャンという名の将軍よ」

ポールは溜息をついた。「となると、ぼくらの裁判も早く終わって、銃殺部隊も集めやすくなるな」

「ここはルディを信じるしかない。何か考えがあるはずよ」

ポールはうなずいた。「ヴァンを貸してもらえるかい？」

メラニーは首を振った。「それで、わたしは史上最大の特ダネを失うわけ？ ぜったいお断わりよ。あなたたちはコーヒーをシェアして。わたしが運転するから」

48

端島

ウォルター・ハンは、カート・オースチンの複製ロボットが作業台にもどって横たわるのを見守った。その動きは人間に劣らず滑らかでもあり、ぎこちなくもある。一体めはオースチンに撃たれた脚を引きずっていた。作業台に跳び乗り、負傷した脚をかばってバランスをとりながら横になった。赤味を帯びた液体が銃創からにじみ、右脚と胴を濡らしていた。

二体めのロボットは無傷だった。

「油圧液か？」とハンは訊ねた。

「いいえ」とガオが答えた。「人工皮膚と内部構造パネルの間にゲルの層を設けました。これによってしなやかさが生まれ、体温は三七度に保たれるのです。機械と握手をすれば当然のごとく、柔らかい肌の下の筋肉をつかんだような感触があって温もりも感じます。ロボットが損傷を受けたときのために、技師のひとりがゲルに着色することにしました。それでおおよそ血のように見えるわけです」

ハンはそんな細部を喜んだ。「その男に賞与を支給しろ。私なら考えもおよばなかった」

ロボットを観察していたハンは、この一体が今度の任務で〝負傷〟することも期待していた。そこでオースチンにもまったく同じように銃弾を撃ちこむ。死体が発見されれば、オースチンの犯行を疑う余地は払拭《ふっしょく》される。

ロボットがシャツのボタンを器用にはずしていくと、またひとつ傷口があらわになった。「何発撃たれた?」

「初号機に四発。予備機には浅い傷があります」とガオは答えた。「まさかオースチンがあれほどすばやく正確に撃てるとは思えません。被弾箇所の広がり方からして、アメリカ人の言う〝ラッキーショット〟だったのでしょう」

「われわれにとっては幸運ではない。闇雲に撃ったわけでもないだろう。オースチンはじつに抜け目ない。われわれの計画に気づき、機械を無効化しようとしていた。オースチンはじつに抜け目ない。自分の命に代えてもだ。ロボットの四つの部位を狙い、永久的な損傷をあたえようとした可能性が高い」

「それが果たせなかったことを願いましょう」ガオはそう言ってロボットのほうを向いた。「横になれ。診断報告をメインコンピュータに送信しろ」

マシンはあおむけになって静止した。ハンが写実性に徹底してこだわったことから、髪の生え際や身体パネルの下にポートや電源プラグは隠されていない。データと電力の再生はすべてワイアレスでおこなわれる。

「いつでも予備機に切り換えられるな」とハンは指摘した。

「そこなんですが、この機が先に訓練を開始しました。進歩も速かった。予備機は劣っています」

「どちらも同じだ」

ガオは首を振った。「一般に機械はすべて同じと思われていますが、それは端的にいって真実ではありません。部品の構造の些細《ささい》な違いが物理的な違いを生むのです。サーボの効率がすこし悪いとか、油圧が微妙に異なるとか。動作温度がちがえば、物理的な反応も変わります。それにくわえて、われわれの人工知能システムは、人間動作の模倣を学習するにあたり、試行錯誤をくりかえして外部から一定の指示はあたえない方式なので、ある機械が他より優れていることが徐々に証明されていくのです」

ハンもそこは理解していた。ただ、そんなに大きな差が生じるというのが驚きだった。「オースチンはそれを感じたにちがいない。だからこの機に攻撃を集中させたのだ」

「それは買いかぶりでしょう」ガオは顔面の傷を指さした。「オースチンは頭蓋《ずがい》を撃つという過ちを犯しました。人間に似せた機械には、人間らしい生理機能があると思いこみ、脳があるはずの頭部を撃ったのです。ロボットのハードドライブかCPUを狙ったのだと推測します。しかし人間とちがって、このロボットの脳があるのは頭蓋ではない。右腰付近に隠してあるのは、まさにそれを防ぐためなのです。オースチンは顔の被膜を変形させ、光プロセッサーを一個破損させたにすぎません」

ガオはメスを取り出して首の皮膚を切り取り、顔面のカバーと髪、頭皮を剝がした。そしてハロウィーンで使った仮面のようにごみ箱に放った。「もはや救いようがないので」

ガオは助手のひとりを見た。「3Dプリンターを稼働させろ。ポリマーミックスが正しいかどうか確認しろ。新しい顔面被覆と右脚下部の皮膚パネルが要る。光プロセッサーと二次油圧アセンブリもだ」

「どのくらいかかる？　一時間後には離陸するぞ」

「三〇分。それ以上はかかりません」

ハンはうなずいた。「すぐにかかれ。それから別の技師たちにザバーラの複製をつくらせろ。基礎シャーシにはオースチンの予備機を使用する。サイズと形状を調整するんだ」

「完成させる時間はありません。ザバーラのビデオも声紋もないので」

「やつはいま暇にしてる。すぐに用意しろ。完璧でなくてもいい。だが、ふたりとも〈友好館〉に登場させたい」

ガオはうなずいた。「やります」

「よし」とハンは言った。「そのあいだに私は〈牛鬼〉との取引きをまとめる」

49

ハンはトンネル内で〈牛鬼〉と落ち合った。元ヤクザの殺し屋は〈本庄正宗〉を手にしていた。

「オースチンとザバーラは鎖につながれてる」と〈鬼〉は言った。「でも、いますぐ殺《や》ったほうがいい」

「待つんだ」

「なぜだ？」

「いま殺したら死後硬直がはじまるからだ」とハンは説明した。「しかも、死体は冷えはじめる。当局に発見されるころには冷たく硬くなる。細かな事実がふたつ重なると、死亡時刻が暗殺よりずっとまえであることが容易に推定されるだろう。そうなると実質ふたりは容疑者からはずされ、事件の原因が別のところに、おそらく中国にあるとする陰謀論者たちがにわかに勢いづくことになる。きみぐらいの男なら、その程度はわかるだろう」

〈鬼〉が目を血走らせて前に出た。「おれぐらいの男ならな、半端はよくねえってことはわかるさ。だからいままでパクられたこともない。この場でもごめんだ」

「声を落とせ」ハンは主導権を取りもどそうとして言った。

〈鬼〉はそれに従ったが、憤りはおさまらなかった。「いいか、やつらはあんたを見た、おれを見た。やつらが生きてるかぎり、おれたちは危険だ」

「連中はあと一二時間足らずで死ぬ。お望みなら、きみが殺せばいい。だがいつ、どのようにやるかは私の指示に従ってもらう。さもないと、また〝半端〟なことになるぞ。いまは連中を生かしておく。さしあたって、誰かを傷つけるまえにその刀を手から離してもらおうか。いっしょに来い」

ハンは鉱山の奥へ向かった。〈鬼〉はためらった。「外で話せばいいだろうが」

「外は雨だし、きみが持ってるその逸物《いちもつ》を部下に調べさせないとな」

「こいつはかなり気に入ってる」

「裏の事情を聞けば、そうもいかないだろうね」ハンは〈鬼〉を連れて通路を進み、部下が引き継いで近代化した鉱山の別の区画に向かった。そして三層構造の扉を大きくあけ放った。

〈鬼〉は首を振った。「あんたが先だ」

「いいだろう」

ハンは別の実験室にはいっていった。ロボットを組み立てる製造室にくらべて小さく窮屈だった。冶金《やきん》学者には見馴《みな》れた機械で埋め尽くされていた。

「何の部屋だ？」と〈鬼〉が訊いた。

「この機械は、日本各地の鉱山や採掘坑から集めた鉱石標本の分析に使っている。ほとんどが廃鉱になっているが」とハンは認めた。「何世紀もまえに」

分析は一年近くつづけられてきた。見つけたものを回収して検査にまわし、そして保管するのだ。その成果がラベルを貼った金属製容器に収められ、部屋の奥に積みあげられていた。この数はたえず増加し、いまや商売熱心なスーパーマーケットの陳列棚に並ぶ何千本ものビール缶を思わせる。

「何を探してる？」と〈鬼〉が訊いた。

「日本に存在するとされる稀少《きしよう》な合金だ」

「それが刀と何の関係がある？」

そろそろ〈鬼〉にも察しがついたことだろう。「こうした武器は日本刀の名工たちによってつくられたものだ。その強さとしなやかさ、錆びにくさについて語られる伝説によると、そんな合金を微量に使っていた可能性がある。もしそのとおり刀から合金が検出されれば、あとは昔の刀鍛冶《かたなかじ》がどこで鉱石を採っていたかを突きとめるだけで、正しい道を進むことができる」

ハンが話をするその横で、部下のひとりがプラズマ質量分析計という装置を使い、〈鬼〉が回収したある刀の刃の解析をしていた。

プラズマトーチが暗色のガラスのむこうで燃えあがると、室内が明るく照らされた。標本が数秒間、高温の拷問を受けた後、光は消された。

分析計から取り出された武器の先端は赤く光り、溶けて変形していた。それが冷えるころに、コンピュータが刃の表面から溶けて吹き出した粒子を分析し、結果を出力した。

「それで正宗の日誌を欲しがったのか?」と〈鬼〉が言った。

ハンはうなずいた。「正宗の技術の秘密が隠されているとの噂だった。完璧な武器をつくろうという飽くなき探求だ。われわれは刀の鍛造《たんぞう》に用いた鉱石をどこで手に入れたかがわかると期待した」

「で、どうだった?」

「残念ながら、否だ。日誌の大半は悪を懲らしめ、罪なき者は害さない武器をつくるという哲学的な戯言《たわごと》に満ちていた」

〈鬼〉は笑った。「愚か者の良心か」

「かもしれない。だが正宗は、いまきみが手にしている武器でそれを達したと考えていた」

〈鬼〉はすがめた目を煌めく刀に向けた。

ハンは説明をつづけた。「偶然か、それとも職人の目を持っていたからか、きみは最も価値ある刀を形見に選んだ。それは単なる骨董品《こっとうひん》じゃない。まさしく〈本庄正宗〉だ」

〈鬼〉はにやりとした。知っていたのだ。あるいは感づいていた。

ハンはもう一本の刀を手に取った。〈鬼〉が持つものより刀身が黒ずんで厚かった。鋼《はがね》が赤味を帯びているように見える。錆《さび》ではなく、枯れたバラか乾いた血の色合いに近い。「きみにはこれが似合いだ。〈深紅の刃〉と呼ばれている。正宗ではない別の刀工、その名も村正の作だ」

〈鬼〉に譲る気配はなかった。「村正だと?」

ハンはうなずいた。「村正は正宗の弟子と言われているが、そこには異論もある。ともあれ、村正が生涯をかけて偉大な匠《たくみ》を超えよう、より優れた武器を鍛造しようとしていたことは広く認められている。つまり、より強力でしなやかで、より殺傷力のある剣だ。そしてその最後の一点については間違いなく成功した。この剣、この〈深紅の刃〉こそ村正の最高傑作だった。日本の歴史を通して、命を奪い、富を築くものとして知られてきた。それを持つ者すべてに権力と名声と財産をもたらした。村正を貶《おとし》めようという伝説でさえ、その見事さを真実として語っている」

「いったいどんな伝説があるって？」〈鬼〉の目に疑いの色が浮かんだ。

「村正は名匠の弟子と思われることに厭気《いやけ》がさしていた。そこでどちらが優れた刀工かを証明しようと正宗に勝負を挑んだ。正宗は受けて立ち、両者は地元の僧侶《そうりょ》たちの判断を仰ぐことにした。ふたりは名刀を鍛えあげると、寺の僧侶たちの立ち会いの下、流れの速い小川に刃を向け、研《と》ぎ澄まされた切先を奔流《ほんりゅう》に浸した。

僧が見守るなか、〈深紅の刃〉は流れてくるものすべてを切り裂いた。カニも魚もウナギも、寄せてくるものをことごとく一刀両断にした。川のむこう岸では〈正宗〉が、おそらくきみが手にしているその剣が、さざ波ひとつ立てずに水を切り裂いたが、生けるものはひとつとして切らなかった。切られて流れ去ったのは落ち葉や生命のない塵芥《ちりあくた》ばかりだった」

ハンはつづけた。「勝負が進むにつれ、村正は師の刀を見て笑いだした。ある言い伝えでは、彼は無力な剣呼ばわりをしたらしい。僧の合図で両者が川から刀を揚げると、村正の〈深紅の刃〉は血にまみれていた。〈正宗〉が滴らせていたのは澄みきった水だけだった」

「圧勝だな」と〈鬼〉が言った。

「そう思うだろう。村正もそうだった。ところが、僧侶たちが選んだ勝者は弟子ではなく、老いた師のほうだった。村正の〈深紅の刃〉は血に飢え、ふれたそばからすべてを滅ぼす邪悪な妖刀で、一方の〈正宗〉は無垢《むく》な命を救った。きみはそんな剣を、本気で自分のものにしたいのか？」

「無垢か」と〈鬼〉は吐き棄てた。「そんなものはないな」

「かもしれない。しかし、きみが手にしているのは聖人の武器であって、罪人のものじゃない。私やきみのように真の力を理解する者なら、どっちの刀が本当に優れているかわかるはずだ」

〈鬼〉は右手に持つ刀に見入ると、やがて左手を伸ばした。もう一本をよこせと指先で要求した。

ハンは高く放りすぎたが、〈鬼〉は空中で柄をつかんでしかと受けとめた。両手に一本ずつ握った刀を左右に振り、円を描かせ、打ちおろす動作をした。

「こっちの刀には重みがある」と〈深紅の刃〉を見て言った。「感じとしては……中身が詰まってる」

「似合っているぞ」とハンは言った。「自分でもわかるはずだ」

「いいだろう」〈鬼〉はそう言うと、いきなり〈本庄正宗〉をハンに向けて投げた。

ハンは片手で危なっかしく柄をつかみ、反対の手で刀が床に落ちないように支えた。その際にうっかり二本の指を刀身に巻きつけていた。すぐに手を引いたが、剃刀《かみそり》で切ったような鋭い切創から血が流れだした。

痛みに呻《うめ》き声を洩らしながら手を振り、タオルを握って血を止めようとした。

〈鬼〉は哄笑《こうしょう》して、「あんたが魚やウナギじゃなくて残念だったな」とからかった。

「その見事な剣が血を流すこともなかったろうに」

ハンは刀を注意深く検査技師に手渡した。「分析しろ。だが破損させるな」

「自分へのお土産《みやげ》か?」と〈鬼〉が言った。

「象徴だ」とハンは答えた。「日本人が熱狂するもの。きみにとってもそうだ。〈本庄正宗〉はきみたちの祖先の刀だ。昔から日本の力と独立を象徴してきた。それがこの瞬間にふたたび現われることで日本国民は奮い立ち、この刀が紛失して以来はめられてきたアメリカの枷《かせ》から解き放たれる」

〈鬼〉は笑った。「それで気づかないうちに、今度はアメリカに代わって中国の枷をはめられるわけか」

つまり、〈鬼〉は少なくとも計画のその部分は察していたことになる。

「そこが象徴のすばらしいところでね」とハンは言った。「眩《まぶ》しい光のように空に輝く。人々はそこに執着して魅了され、間近で起きていることが目にはいらなくなる」

50

鉱山の奥深くに連行されたオースチンとザバーラは、人の腕より太い鋳鉄《ちゅうてつ》製のパイプに鎖でつながれていた。パイプの一方は脇の竪坑にもぐり、一方は上に延びて天井の格子の先に消えていた。

向かいあう格好で両手をパイプにつながれ、片側には竪坑の開口部があるという実に効果的な牢獄《ろうごく》だった。ハンの部下たちは錠を再確認しただけで、オースチンとザバーラをその場に残し、トンネルを引きかえしていった。

「あんたが、比喩《ひゆ》どころじゃないあんた自身と格闘するのを見るのはおかしな気分だったよ」とザバーラは言った。

「それで負けたら余計におかしい」とオースチンは認めた。「人間・1、ロボット・1」

「何だ？」

「べつに。スコアをつけてるだけさ」

ザバーラは周囲を観察した。遠くでLEDがトンネル内をぼんやり照らしているだけだったが、目視するには事足りた。「もっと暗い場所にいた気もするけど、そうでもないか。でも放っておいてくれてありがたいね。どうせここから逃げられないと思ってるんだろう」

オースチンは壁に両足を掛け、思い切り身を引いた。パイプは数インチほど動いたが、はずれることはなかった。「一〇フィート程度の間隔で固定されてるな」

「だとすると、引っぱっても抜けないね」

反論はできなかった。「力業だけが脱出法じゃない」

オースチンは立ちあがって頭上の格子に見入った。瓦礫が詰まってはいるが、そこから水が方々に滴って壁を伝っている。

「雨水だ。これは通気孔だ。おそらく地表までつづいてる」

足がかりを見つけて壁面をよじ登り、格子の強度を確かめた。パイプを梃子《てこ》に竪坑の上に身を乗り出し、肩を金属の格子にあてて押してみた。

鋳鉄製のパイプ同様、格子はひやかし程度に動いて障害物に当たった。もう一度押したところで足がかりが崩れ、ぶざまに落下して手錠を掛けられた両手がパイプを滑り落ちた。うまく横に避けなかったら竪坑に転落していた。

擦《す》り傷だらけになったオースチンはまた腰をおろした。「ここにラサール将軍がいてくれたら」

「うちの職員にラサールなんていたかな」

「フランスの軍人だ」

「だったら、将軍の権限はおれたちにおよばない」

オースチンは笑った。「どっちみち、もうこの世にはいないし。最後に姿を見せたのはポーの『陥穽《かんせい》と振子』で語り手を救出したときだから」

「ああ」ザバーラは不意に納得した。「ネズミが紐《ひも》を食いちぎるやつか」

「それだ。しかし、ここではネズミを見かけない」

「この鎖にはろくに歯が立たないだろうけど。でもいい考えだ」

オースチンは下を覗いたが、穴はひどく暗く、二〇フィート先はもうなにも見えなかった。石を縁から蹴り落とし、耳を澄ました。

カン……コン……ゴーン……バシャッ……

「洪水だ」ザバーラが言った。

「下の層はどこも浸水してるんだろう」とオースチンは応じた。「もう何年もポンプを動かしてないから海水が浸入してきてるのさ。ほかが駄目なら、この際下に降りてトンネルを泳いでいく手もある」

「鉄パイプにつながれてるのを忘れてる」

「下のほうは錆びて腐食してるだろう。塩水ならなおさらだ」

ザバーラは体勢を変えて下を見た。「話を整理させてくれ。あんたは水が溜まった竪穴に落ちて水びたしの横穴を探し、両手を鎖でつながれたまま、穴がどこに通じてるかもわからず、途中で陥没したり瓦礫でふさがれたりしてるかもしれないのに、真っ暗闇のなかを泳いでいきたいと思ってる。どこかいい場所に出られるという一縷《いちる》の望みを抱いて」

オースチンは傷ついたふりをしてみせた。「成功する確率が高いとは言ってない。そういうオプションもあるってことだ」

「ゼロの確率を試そう」とザバーラは言った。「むしろ、マイナスの確率ってものがあったら、おれはそっちを選ぶね。かりにそれがうまくいって別の竪穴を見つけても、素手で壁を登らなくちゃならない」

「ここに来るときに見たエレベーターを使えないか考えてみた。機械が動かないのは当然として、枠が残っていれば登るのも簡単だ。途中で通り過ぎた通気孔が見つかれば」

「またでかい条件がつくんだな。泳いだ先が行き止まりで、そこで溺《おぼ》れて行方知れずになる可能性のほうが高いぞ」

「それでもハンがおれの死体にロボットが着ていた服をまとわせ、一九一四年のオーストリア皇太子以来の露骨な暗殺の罪をかぶせることはできなくなる」

「そこから新たに戦争がはじまらないといいけど」

「戦争はもうはじまってる」とオースチンは言った。「肝心なのは影響力だ。われわれが手を打たずにいると、ハンが名人芸を披露《ひろう》することになる」

「自殺よりましな名案を思いついたら、こっちも乗るけどな」

オースチンが答える間もなく、トンネル内に懐中電灯の光が現われ、二人組が地面に何かを引きずりながらこちらに向かってきた。

ぎらつく光が脇にそれると、そこでオースチンは〈牛鬼〉の黄ばんだ顔に気づいた。もうひとりはハンの部下で、そのふたりに腕を抱えられて、脚を引きずっていたのは生気のないナガノ警視だった。

彼らはナガノを投げ棄て、両手を鎖でパイプにつないだ。鍵《かぎ》を持った看守は錠をはずしてザバーラを引っ立てた。

「朝食はおれが先？」とザバーラは訊いた。「すばらしい。ステーキと卵でいいよ」

〈鬼〉が手の甲でザバーラの頰を打った。地面に這ったザバーラが立ちあがるより先に、鋭く冷たいものが背中を突いた。肩甲骨の間でウェットスーツが裂けるのを感じ、ザバーラはまた地面に伏せた。刀の切先が皮膚に当たっていた。

「まだ殺すなとハンから命令されてな」と〈鬼〉は言った。「だが、慌てて立って串《くし》刺《ざ》しになったら……それはおまえの責任だ」

オースチンにはその刀がはっきり見えた。先刻〈鬼〉が持っていたのとは別の剣だった。「起きるな」とザバーラに警告した。「刀が貫通する」

「ここで横になるだけで満足だよ」ザバーラはそう言うと、刀が引かれるのを待ってそろそろと身を起こし、四つん這いになった。振り向くと、眼前に悪の権化《ごんげ》の顔があった。

「おまえを忘れるもんか」と〈鬼〉は言った。「動くたびに痛みが走る。下がらない熱で汗をかくたび、おまえを呪《のろ》う。おまえにやられた分はかならず返すからな。覚悟しとけ」

「厳密にはコモドドラゴンのせいだ」とザバーラは言った。「おれは罪のない傍観者さ」

「計画では、おまえの複製は車の事故で死ぬことになってる。だから、おまえを生きたまま焼いてやる。死にたいとわめいてりゃ、減らず口もたたけないぞ」

連れていかれるザバーラを、オースチンは黙って見送ることしかできなかった。〈牛鬼〉が思わず洩らした手がかりに相棒が気づいてくれることを祈るばかりだった。

ザバーラとその捕獲者たちがトンネルの奥に消えると、オースチンはナガノに向きなおった。「大丈夫か、警視？」

ナガノは苦痛の形相で見あげてきた。顔に目立った傷はなかったが、手には包帯が巻かれている。

「やつは神主たちを殺した」とナガノは言った。「むごたらしく殺した」

「〈牛鬼〉が？」

ナガノはうなずいた。「刀は神主のところにあったんだ。やつを罠にかけたつもりが……私の部下も殺した。私の指まで奪った」

ナガノは熱に浮かされているようだった。オースチンを見ずに話していた。

「やつらは質問ばかりしてくる。そのほとんどが意味をなさない。でも答えないとショックをあたえられる。鎖を伝わってくるんだ。こっちが倒れるまでショックを受け、それで一からやり直しだ」

「質問の内容は？」

「いろいろだ。あとは文章を読んだり話したりさせられる。怒ったようにとか、静かにだとか。尋問というより心理戦みたいだった」

オースチンはじっと座っていた。「連中はあなたの声を聞いて、どんなふうに言葉を組み立てるかを記録しようとした」

ナガノはようやくオースチンに焦点を合わせた。「なぜ？」

「あなたの複製をつくるために。ぼくのをつくったように」

「複製？」

「歩き方も、話し方も見かけもそっくりのロボット。身分証明書を取られた？」

「何もかもだ。指と拇印《ぼいん》まで」

ハンは機を逃さなかった。ナガノの警察手帳と認証用の拇印があれば、オースチンの複製だけでは近づけない多くの場所に立ち入ることができる。「ジョーも同じ扱いを受けるんだな」

ナガノは目を見開いた。「連中は情け容赦なく拷問して答えさせる」

オースチンも同じ思いだった。だからこそ行動しなければならない。「立てるか？」

ナガノは立ちあがろうとして脇に倒れこんだ。「無理だ」

オースチンは手を貸して警視を座らせた。「体力はもどってくる。いまはとにかくリラックスだ」

ナガノが深呼吸をして回復をはかる横で、オースチンはゆっくりと竪坑の上に移動すると慎重に降りはじめた。「誰か来たら教えてくれ」

「どこへ行く？」

「金属の歯を持つネズミを探しに」

51

ザバーラはまた別の近代的な部屋の中央に立っていた。明々《あかあか》とした室内の照明が、暗がりに馴れた目に鋭い痛みを走らせた。ザバーラは目を細めた。

「きみの名前は?」隠されたスピーカーから質問が流れた。

その声には聞き憶えがあった。ハンの右腕、ガオの声だ。ザバーラは室内を見まわした。白いプラスティックの壁とマジックミラーに四方を囲まれている。

「名前を述べてください。さもないと危害をくわえることになる」

撮影されていた。それもあらゆる角度から。マジックミラーの背後にあるカメラが三次元計測をしている。デジタル化しているのだ。よく似た姿を作成してオースチンのそれと組ませるために。間違いない。〈鬼〉が複製の死に方を口にしたのが鍵となった。

付きあう気にはなれなかった。ここで出したものが捻じ曲げられて使われるおそれがあった。声の響きはすべてデジタル処理で継ぎ接《は》ぎされ、リミックスして新たな文章を紡ぐことになる。言い争いや悪態をついただけでも素材をあたえてしまうのだ。

「名前を！」とガオが迫った。

何か言わなければ。ザバーラは大げさなテキサス訛《なま》りで返事をした。「では、巡礼者よ、おれのことは好きに呼んでくれりゃあいい。けど夕飯に遅れて呼ぶのはいかん」

最後の言葉が口をついて出るまえに、全身を電気ショックが貫いた。そのひどい苦痛に、ザバーラは床に崩れ落ちた。

「つぎの衝撃はいまの二倍の長さだ」とガオが平然と応じた。「さあ立って、名前を言いなさい」

ザバーラはわざと長く伏せていた。ハンと部下たちは時間に追われている。見張りもそう話していた。ここはその遅れを大きくするチャンスだった。

また電撃が送り出された。エネルギーが体内を突き抜けて筋肉を硬直させ、ザバーラはたじろぎ、身をよじった。その拍子に舌を咬んだが、パルスが止まるとともに安《あん》堵《ど》の波が押し寄せた。

「立って名前を述べなさい」とガオが言った。

　ザバーラはやおら立ちあがった。これを記録しろと思いながら故意に背を丸めた。上げた顔を歪《ゆが》めてみせた。精一杯のしかめ面である。さらに効果を高めようと、『この私、クラウディウス』ばりに吃音《きつおん》と顔面のチックまで模写してみせた。

　カメラからカメラへと視線を投げた。ガオは直接モニターしていないらしく、もう一度答えを求めただけだった。

「名前を述べなさい」

「〝名前がどうした？〟」ザバーラはイギリス人を真似て言った。「〝バラはどんな名で呼ぼうと甘やかな香りがする……〟」

　しばらく間があき、うまく逃げきったかと思いきや、ふたたび電気ショックのうねるような痛みに見舞われた。今度はより強く長くつづいた。

　頭の隅で、替え玉を使いたいなら殺すわけがないと思っていた。だが水から上がった魚のごとく、地面でのたうちまわっているうちは理性も働かない。

　優に二〇秒にわたる苦しみのすえ、電流は遮断された。ザバーラの身体はふるえ、歯は痛み、金属の詰め物がひとつ溶けた気がした。頭のなかは真っ白だった。

「最大限の痛みを起こしつつ、傷害が残らないように電流を調整してある」とガオが言った。「ひと晩じゅうやっても大丈夫だ。さあ立って名前を述べたらつぎの段落を読みなさい」

文章の映像が流れてきて、ザバーラはそこに集中しようとした。諦《あきら》めたふりをして両手と両膝をついたが、新しい悪戯《いたずら》を思いつくとぐったりした身体を伸ばしていった。いつまでもつかわからないが、むこうの役に立つことは死んでもやるまいと思っていた。

両手で錆びたパイプをつかみ、壁に足を掛けて、オースチンは竪坑を降りていった。穴の縁から一〇フィート下で、最初の障害物に出くわした。古いパイプを固定していた留め具である。

まだ壁に付いてはいるが緩くなっている。六〇年間の浸食がそうさせたのだ。力を加減しながら前後に動かすと、すぐに岩からはずれた。

留め具を避けるように鎖を滑らせ、オースチンはさらに下っていった。つぎの留め具は完全に腐食して、力をかけなくてもふたつ折りにできた。

そのまま降下をつづけた。下に行けば行くほどパイプは錆びついていた。動くたび、薄片や塵埃《じんあい》が赤い雪となって落ちてくる。数フィートおきに鎖がパイプの割れ目に引っかかった。

オースチンが探していたのは、パイプとパイプをつなぐ連結具だった。長年、難破船の引き揚げに携わって（意図して他船を沈めることもやったが）、腐食はつねに接合部からはじまることを学んだ。どんなシステムでもそこが弱点なのである。微細な隙間に水が溜まって発錆《はっせい》する。動くことによる機械的ストレスが金属疲労や損傷を招く。最古の船においても、船体板がなくなる例はまずなかったが、リベットやハッチの損失は始終だった。

雨水が上から滴り落ち、海水に潮汐《ちょうせき》がある以上、腐食作用がその魔法を存分に発揮した箇所はいずれ見つかる。一見無事に見えても、接合部の金属そのものは朽ちた木のごとく内部を浸食されているはずなのだ。

まだ弱点探しをしているうちに、足が水にふれた。オースチンは水中に潜り、ウェットスーツの自然浮力に抗って暗黒へと降下していった。

鎖をパイプに擦りつけながら降りていき、錆びた部分を親指で押すと穴があいた。金鉱を掘り当てたのだ。オースチンは息を止めると、腐食がいちばん進行していそうな箇所に鎖を当て、ぐいっと引いた。

パイプの裏側半分がつぶれた。さらに引くと手応えはあったが、まだ足りない。鎖を前後に、鋸《のこぎり》の要領でスライドさせた。するとぎざついた金属が削《そが》れていくのがわかった。

不意に鎖が突き抜け、オースチンは自由に泳いでいた。

足を蹴って上昇し、静かに水面に出ると深く息をついた。

上方に円形の光が見えた。降りた距離は四〇フィート。登りはさぞ楽しいだろう。

ハンは撮影ブースの笑劇をいささかも楽しまずに眺めていた。ザバーラは何度めかの追加ショック療法に耐え、またも床に転がっている。新たに訛りを三つも使い分けたあげく、アイルランドの五行戯詩を諳《そら》んじたのちに倒れたのだった。

いまは横たわり、激しく息をしているほかは動かずにいる。頭から湯気が出ていた。

「もういい」ハンは言った。

「しかしまだ声紋が採れていません」とガオが答えた。「それどころか、何も手に入れてないのです。ロボットに『ロミオとジュリエット』を演じさせたり、アメリカのテレビコマーシャルの台詞《せりふ》をしゃべらせるおつもりなら別ですが」

「この男はおまえに勝った。それがわからないのか？」

ガオは上司を見つめた。

「そいつはおまえが欲しがるものを知って、それを差し出すぐらいなら死ぬ気でいる。

おまえを煽《あお》って、殺すように仕向けてるふしさえある」

「なるほど。では、どうしましょうか？」

「そいつを方程式からはずすんだ。身体パネルは仕上げて、ザバーラのロボットは直接話しかけられないかぎり無言でいるようプログラムしろ。会話はすべてオースチンの複製がおこなう。ザバーラはやつといっしょにいるのを目撃され、逃走車を運転するところがカメラに映ればそれでいい」

ガオは不服そうにしながらも反論は口にしなかった。「必要が生じて彼が何かしゃべるときのために、一般的なアメリカ人の声をアップロードできますが」

「急いでやれ」とハンは言った。「それとパイロットに出発の準備ができたと伝えろ」

床に倒れたザバーラは消耗し、汗まみれでつぎの拷問を待っていた。電気ショックは回を追うごとに長く辛《つら》くなり、筋肉の痙攣《けいれん》もひどくなっていった。まるでトライアスロンを完走したうえに熊《くま》とレスリングをさせられた気分なのだ。それも、その場を動かずにである。

これがフィットネストレーニングの新しい波になる。まったく運動しないで美少年アドニスの肉体を手に入れる。その思いつきに笑ったはいいが、すぐに胸が痛くなって笑いを押し殺した。

心拍数を落とそうと深呼吸をし、脚のふるえを抑えようとしていたせいか、次回のセッションが遅れていることにしばらく気づかなかった。一分間の静寂が数分に延びて、ザバーラはその場に放置されていた。スピーカーから何かを要求してくる声はなく、新たな脅しも、金属板からの電気ショックすらない。

満足感がこみあげてきた。むこうは諦めたのだ。消耗戦を生き延びた。勝ったのだ。

ドアが開き、ハンの部下二名がはいってくると、ザバーラの腕を取って立ちあがらせた。

「こいつはもう戦う気がないぞ」と部下のひとりが言った。

いまはな、とザバーラは心の内で言った。立つのもひと苦労だった。

ザバーラは引かれるように部屋を出てトンネルにはいった。奇妙な音が壁に反響していた。外でヘリコプターが離陸しようとしているのだ。ハンが計画を実行に移そうとしているのに、オースチンとナガノはいまだ鎖につながれ、ザバーラ当人は歩くことさえままならない。勝利と考えたことが情けなく思えてきた。

そのままトンネルを行き、ゆるやかなカーブをまわって通気孔に近づいていった。そこでようやくトンネル内が薄暗いことに気づいた。拷問された部屋が明るかっただけに、なおさらそう感じたのである。壁際に座るオースチンとナガノの姿はほとんど見えなかった。やがて確認できた人影はひとつだけで、オースチンはいなかった。

52

囚人がひとり消えたことに気づいた見張りは、ザバーラを地面に放り出した。慌てて飛び出すとナガノにつかみかかった。「オースチンはどこだ?」

「何て言ったらいいか」とナガノは返した。「逃げたよ」

「どうやって? どこへ行った?」

「鎖をはずして。ゆるく掛けすぎたんだろう」

「で、おまえは置き去りか?」

「ああ。恩知らずだ。こっちは協力も助言もしたのに」

オースチンはその一言一句を聞いていた。わずか一〇フィート離れた、竪坑の縁のすぐ下にいたのだ。つぎの展開は予測できた。彼は両足を留め具に掛け、左腕をパイプに巻きつけると、壁からむしり取った石を右手に持った。

「まさか」

見張りはナガノを脇へ押しやり、通路の奥を懐中電灯で照らした。そして竪坑を見おろした。

男の顔が見えた瞬間、オースチンは石を投げた。石は顎に命中し、男はのけ反った。そこにナガノが加勢し、足払いを掛けて見張りを転倒させた。

オースチンは穴の縁に倒れた見張りの肩をつかんで引き寄せた。男は頭から転げ落ち、壁にぶつかりながら水中に突っ込んだ。

そのタイミングに合わせ、ザバーラがふたりめの見張りに襲いかかり、タックルして頭から壁に叩きつけた。ふたりして地面に倒れるとキドニーパンチを見舞い、つづけて顎に頭突きを食らわせた。

穴から出たオースチンは、敵と格闘するザバーラに加勢した。闘いはものの数秒でけりがついた。

「気がゆるんでるな」とオースチンは言った。「こいつなら三手で仕留めないと」

「絶好調ってわけじゃないんでね。そっちがのんびり泳いでるあいだ、おれは一世一代の芝居をしてたんだ」

オースチンは鍵束を見つけてザバーラの鎖、自分の鎖、ナガノの鎖と順に解いていった。見張りにさるぐつわを咬ませ、武器を奪って鎖で縛りつけた。

「泳ぎにいった男は？」とザバーラが訊いた。

ナガノが首を振った。「浮かんでこない」

オースチンが見張りの拳銃を手にして、三人は音をたてずにトンネルを進んでいったが、近づいてくる靴音に足を止めた。

暗がりに潜んで目を凝らすと、これもハンの部下が細長い木箱を二個、腕に抱えて歩いてきた。白衣姿で分厚い眼鏡をかけている。前髪が長い。

プラスティックの扉に達したその男は、目にかかる髪を払ってボタンを押した。すると緑色のライトが点滅し、軽く押すだけで扉は開いた。男は室内にはいって扉をしめた。

「やつが出てこないうちに行こう」とザバーラが言った。

「そう慌てるな」とオースチンは返した。「帰るまえにギフトショップに寄りたい」

オースチンはトンネルを横切り、プラスティックでコーティングされた扉に向かった。技師が押したそのボタンに手をあてると、やはり緑のライトが点《つ》いた。扉をあけると、技師は部屋の奥で、磨きあげられた剣を箱から取り出そうとしていた。

オースチンは軽く咳払《せきばら》いをし、拳銃の撃鉄を起こした。はっとして振りかえった技師は反射的に両手を上げた。

「英語を話せるか？」

男はうなずいた。

「よし」とオースチンは言った。「そのほうがやりやすい。膝をつけ」

技術者はぶざまに膝を折ったが、両手は上げたままだった。髪がまた目にかかり、息で吹き払おうとしてしくじった。

「髪は切ったほうがいいな」とオースチンは言った。

技術者がうなずくとオースチンは手を伸ばし、手近にあった剣を箱からつかみあげた。美しい刀だった。実験室の蛍光灯の光を受けて輝いていた。

ふたたび扉が開き、今度はザバーラとナガノがはいってきた。

「土産は見つかったか？」

オースチンは刀を掲げてみせた。

ナガノがひと目見てその名を言い当てた。「扱いに気をつけてくれ。きみが持っているのは国宝だ。〈本庄正宗〉。七〇年ものあいだ、神主たちによって隠されてきた」

オースチンは技師に目をやった。「ウォルター・ハンはなぜこういう剣を欲しがる？」

技師は答えた。「その刀は日本の象徴だ」

「ほかの剣は?」

技師は口ごもった。オースチンは剣を向けた。「よかったら散髪してやろうか」

躊躇が消えた。「調査をしてる」

「だろうな」実験室を埋めつくした機器類は壮観だった。「なぜ? ハンは何を探している?」

「合金を」と技師は言った。「〈黄金アダマント〉と呼ばれるものを。それは……類のない特性を持っている。これまでは火山の亀裂の奥深くでしか発見されてない。日本にはその源泉があると考えられてる。もしかすると富士山の下に。こうした剣にもその合金が使われてる可能性がある。私たちはこの剣の出所や鍛造の仕方、ふくまれてる金属の種類や合金の混合方法を突きとめるように言われた。何よりその鉱石が採掘された場所を特定するように」

ザバーラが眉《まゆ》を吊《つ》りあげた。「これでハンの一味が東シナ海の底で何を探してるかわかったな」

「それが最初の取り組みだった」と技師は言った。「しかし、あの鉱脈は枯渇した」

「そのやり方は?」とオースチンは訊ねた。

「超音波と高強度の振動に、カーボン・シリコン系の破砕液を組み合わせた。独自のシステムで、掘削しなくても深部まで採掘できる」

「なるほど。厖大な量の地下水も取り出すつもりだったのか？」

「この処理の過程では水が放出される。些末《さまつ》なことだ」

今度はオースチンが目を剝《む》いた。「些末だって？　どれだけの水が放出されているか気づいてないのか。きみたちが開いた亀裂のせいで毎日、毎秒数百万ガロンの水が噴き出してるんだ。それを止めないと一年で世界の海岸平野が水浸しになるぞ」

「そんな馬鹿《ばか》な」

「馬鹿かどうかはすぐにわかる」

「ここから出ないと、わかるものもわからない」とザバーラが言った。「一分遅れるごとに、おれたちが消えたことを感づかれる確率は高くなる」

そのとおりだった。オースチンは技師を振りかえった。「ここに装備品を入れたバッグを持ち込んだんだが、預かり証をなくしてしまってね。その保管場所を教えてくれたら……」

技師はロッカーに視線を向けた。ザバーラがこじあけると潜水用のフィンにマスク、小型の酸素ボトルを入れたバッグが見つかった。赤外線ゴーグルもその横に置いてある。「ここに一式そろってる。無線トランシーバーも」

いまさらだが、これは正当な持ち主に返したほうがいい」

「これを持ってくれ」オースチンは銃をザバーラに渡した。「おれは剣を持っていく。

ザバーラはほかのふたつのロッカーを調べた。「ない」

「銃は？」


ザバーラが拳銃を受け取ると、オースチンは技師に立てと合図した。「いっしょに来てもらう。まだ説明してもらうことがある」

ナガノが技師にさるぐつわを咬ませてベルトから無線機を奪い、オースチンは扉をあけてトンネルの左右を確認した。トンネル内に異状はなかった。「行こう」

出口をめざした彼らはまもなく集合室に近づいた。そこを通り過ぎようとすると、いきなり扉が開き、中国語で話すふたりの作業員が出てきた。

作業員たちはオースチンとザバーラ、そしてさるぐつわをされた同僚に気づいて足を止めた。

オースチンは技師を押しやって前に出たが、新手のふたりは部屋に逃げこんで扉を閉じた。その数秒後にはインターコムから緊急通報が流れた。「囚人たちが逃亡した。現在、主坑道にいる。くりかえす。囚人たちが逃亡した」

オースチンは人質を脇に抛《ほう》った。足手まといになるだけだ。もはや逃げるしかなかった。「行け、行くぞ！」とオースチンは叫び、三人は鉱山の出口に急いだ。

53

インターコムから緊急通報が流れたとき、ガオはまだ撮影室にいた。彼は即座に反応した。「連中はどこにいる？」

「主坑道です。集合室の外に。武装しています」

隣りに〈牛鬼〉がいた。「警報を鳴らせ」

「ここは軍用基地じゃない」とガオは怒鳴った。「警報機はない」

〈鬼〉の目に浮かんだ怒りに、ガオは怖じ気づいて口をつぐんだ。インターコムのパネルの別のボタンを押すと制御室につながった。「制御室、こちらガオ。アメリカ人が逃亡中。集合室の外で技師を襲った。人を出して追跡するように」

しばしの沈黙の後、制御室から再度報告が来た。「こちらの人間は周辺の確認に出ています」

「呼びもどせ」

「それでは無駄足になります。アメリカ人たちが中央坑道にいたとすれば、すでにこの施設を出ているものと思われます」

「だからハンに注意したんだ」と〈鬼〉が言った。「やつらはおれたちの命取りになるって」

「それは大げさだ。鉱山を出たところで島を出る方法はない。ヘリコプターはもう出発した。船もない。どうやって逃げるんだ。泳ぐのか?」

〈鬼〉はガオを睨みつけた。「それがやつらの狙いだ。なぜウェットスーツを着て、フィンとマスクを持ってここまで来たと思う?」

「不可能だ。本土まで三マイル近くある。海岸に着くまえに、海流で沖にさらわれる」

「海で働いてる連中だぞ」と〈鬼〉は指摘した。「訓練されたダイバーだ。それでも無理だと思うなら、おまえは思った以上の大馬鹿者だ。フィンを付けて一時間潜れば、やつらは陸に上がる。それ以上はかからない。しかも、やつらが船に拾われなかった場合の話だ」

ガオは汗をかきはじめていた。不意に危機を覚ったのだ。たしかに、ハンの指示でこの島には船が置かれていない。だがそれはオースチン、ザバーラ、ナガノが波打ち際まで行けば、彼らが自由の身になることを意味する。ガオはインターコムのボタンを押した。「制御室、そちらに何人いる?」

「警備班は残り一〇名、くわえてあなたと技師たちです」

それでは足りない。「ウォーボットを起動させろ」とガオは言った。「索敵殲滅《せんめつ》モードだ」

「しかし、われわれの人員もその場にいます」

「識別機能をプログラムしている暇はない。防潮堤に人を配置して、階段と海に出やすい経路の警備を命じろ。ウォーボットは散開して、アメリカ人を警備班のほうに追い立てる。水中で何か発見したら、人間だろうとなかろうと見つけしだい撃て。今回は捕獲しない」

「了解」

ガオはアドレナリンのせいで身をふるわせていたが、〈鬼〉はそんなガオにあらためて敬意のまなざしを向けた。

「あんたにもあるとは思わなかったよ」

「何が?」

「冷たく人を殺そうっていう本能がさ」

「ここはわれわれか、やつらかだ」とガオは言った。「われわれにはここを出る手立てがない。アメリカ人たちが本土に到達したら、この島はわれわれの監獄になるんだ」

九州本土までの遠い道のりをめざし、オースチンとザバーラ、そしてナガノは夜の闇に駆け出していった。雨はまだ暗い空から落ちてきていたが、夜の冷え込みで背後の丘には幾重もの霧がかかっていた。

炭坑の入口から一〇〇ヤード行ったあたりで早くも追跡がはじまったことを知り、三人は最初に見つけた建物に身を隠した。

暗がりにしゃがんで技師から奪った無線機に耳を傾けると、命令はすべて筒抜けだった。

オースチンはナガノを見た。「連中は何を話してる?」

「私の中国語も少々錆びついてるが」とナガノは言った。「防潮堤に人員とか。戦争マシンとか」

朽ちた建物の開口部越しに、オースチンは炭坑の入口から最初の〝戦争マシン〟が登場するのを目撃した。芝刈り機ほどのサイズで、六本脚で巨大な昆虫のように歩行している。こちらを向いたマシンのLEDが、まるで目のように光った。

「伏せろ」とオースチンは言った。

三人は構造壁のコンクリートの裏にまわった。オースチンがふたたび顔を上げると、機械が反対方向に進むのが見えた。

「どこへ行くんだ?」ナガノが訊いた。

「桟橋の方角だ。そこでわれわれを食いとめるつもりだ」

「あれはいったい何なんだ?」とザバーラが疑問を投げた。

「ハンはあれをウォーボットと呼んでる。やつの工場内でデモンストレーションを見せられた」オースチンはザバーラの手にある拳銃を指し、自分が握る剣を掲げた。「おれの見るかぎり、どっちの武器もあれにはたいして役立たない」

トンネルからさらに二機が現われ、オースチンはまた身を伏せた。マシンはそれぞれ微妙に異なる進路を取った。「散開していく。全部で何台あるか知らないが、いずれこっちにも向かってくる」

「こっちの動きを読まれてるとしたら、海に出るのも楽じゃない」とザバーラが言った。「島の周辺には、安全に海に出られる場所は数カ所しかない。三つの階段と桟橋だ」

「どこも警備を固めているだろうな」とナガノが言った。

ザバーラはうなずいた。「となると、壁から飛び込むしかないか」

オースチンには、それが成功するという確信がなかった。「われわれを待ち受けるのは荒れた海への五〇フィートの落下と、岩とコンクリートのパイリングだ。波が来るタイミングを間違えれば衝撃で死ぬ。そこがうまくいったとしても、砕波《さいは》を越えられずに壁に激突するおそれがある」

ナガノがふたりを見た。「まえにこっちでトライアスロンに出場したことがある。潮の流れは危険だし、私の手は使いものにならない。本土まで泳ぐどころか、ついていくのも無理だ。私抜きで行ってくれ。きみたちが逃げるあいだ、こっちであの戦争マシンを攪乱《かくらん》してみせる」

オースチンは首を振った。「ぼくらがはるばるここまで来たのは、あなたを置き去りにするためじゃない。それに、空を飛べるのにわざわざ泳ぐ必要があるか？」

オースチン、ザバーラ、ナガノが鉱山を出たと確信すると、ガオは安全な撮影室を離れ、制御室へ向かった。〈牛鬼〉も、〈正宗〉の代わりにハンから渡された刀で壁を擦りながら同行した。刀が燧石《ひうちいし》のかけらにふれるたび、火花が散った。

「やめてくれないか？」

〈鬼〉はそれを無視し、苛立たしい行為をつづけた。

ガオと〈鬼〉を見て、制御室の男たちが驚いて振り向いた。

「見つかったか？」とガオは訊ねた。

「まだです」

ガオは手前のコンソールに近づいた。一六台のウォーボットからの映像が四つのスクリーンに映し出されている。さらに第二陣の一六台が配置につこうとしていた。島の俯瞰図《ふかんず》に、鉱山から扇状に広がっていく様子が示された。

〈鬼〉も近寄って俯瞰図を眺めた。「島の西を無防備にするのか？」

ガオもそこは承知していた。「あっち側には安全に海まで降りられる場所はない。それに、岸へ行くには東に向かって泳ぐんだ。島の西側から飛び込むはずがない」

「あんたならそうだろうが」と〈鬼〉は言った。「まだこいつらを甘く見てるのか」

ガオは首を振った。「訓練されたダイバーだってことはわかるが、やつらは馬鹿じゃないぞ。島のまわりを潮に逆らって泳げば、余計に遠まわりだし危険だ。泳いでるところを見つかって弾を食らう可能性も高くなる。やつらならいちばん近い場所から海にはいって、できるだけ島から遠ざかるように泳ぐ。つまり東に向かうんだ」

〈鬼〉が後ろに退くと、ガオは新たな命令を発した。「ロボットを一部大きく展開させ、外周を囲ませろ。残りは区画ごとにしらみつぶしにさせるんだ。地域制御モードに設定して、標的を発見しだい集結できるようにしろ」

制御員は逡巡《しゅんじゅん》した。「網を広げれば、アメリカ人がすり抜ける可能性は高くなりますが」

「ウォーボットは広視野赤外線センサーを使用している」とガオは自信満々で言った。「一〇台で一〇〇人を捕捉《ほそく》できる」

「アメリカ人が建物内に潜んでいる場合は?」

「それこそ、こちらの思うつぼだ。数時間後には長崎の作戦が完了する。首相と閣僚が死に、オースチンとザバーラ、ナガノは指名手配される。その時点でやつらに逃げ場はない。全世界のお尋ね者だ」

オースチンは建物の隅から隅へ移動した。ウォーボットは見える範囲で各交差点を固め、残るウォーボットがその先で位置につこうと前進していった。

ザバーラが建物の奥からもどってきた。「むこう側にも一台いる」

「こっちへ向かってくるのか?」

ザバーラは首を振った。「交差点に座ってるよ」

「地域制御を敷いたな」とナガノが言った。「捜索をはじめるまえにあらゆる逃走経路を遮断する。われわれだって同じことをやる――二重包囲だ」

オースチンは、ウォーボットが警察の代わりになるというハンの言葉を思いだしていた。「つまり、われわれは囲まれてるわけか。おそらく何重にも。このウォーボットをかわしたとしても、ほかのに出くわすだけだ」

オースチンは息をついて座りなおし、島内の現在地を正確に思い描こうとした。目にした写真や地図を思い起こすうちに、ひとつのアイディアが浮かんできた。「階段を探そう。上へ行くんだ」

「それで？」

「これがおれの思ってる建物なら、屋上は隣りの棟と連結するブレース構造になってる。本物の橋じゃないが、慎重にやれば這って渡れる」

「それでここのグループはかわせるとして、つぎの網はどうする？」とザバーラが訊いた。

「そこを解決する考えがある」

ザバーラが顔をしかめた。「そっちが思いつきそうだっておれが思うことを、あんたが考えてるとしたら、それはご勘弁ねがいたいな」

「これしかない」

ナガノが礼儀正しく口を挟んだ。「申しわけないが、老刑事にもひとつご教示いただけないか？　何の話かさっぱりわからない」

「ウォーボットをここに誘いこむんだ」とオースチンは言った。「できるだけ多く」

「それで？」

「屋上には橋がある。ウォーボットの大半がわれわれを捜してこの棟に集結し、残りが出口を封鎖するとなれば、隣りの棟に移って脱出できる」

「マシンは追いかけてこないか？」とナガノが訊いた。

「来ないと思う。ハンのレースカーは、知ってる経路をたどることしかできなかった。こっちがずるをしてインフィールドを突っ切っても、コース上に留まっていた。このウォーボットが似たようなプログラムで動いているなら、錆びたブレースを通路とは見なさないだろう。渡ろうとしない」

ナガノがうなずいた。「で、あれが下までもどるころには、われわれは建物を何棟か越えて飛び立っているわけか。よさそうな計画だな。むこうの注意を惹くだけでいい」

「ふたりは昇りはじめてくれ」とオースチンは言った。「おれはここにいることを連中に知らせる」

ザバーラとナガノは階段を見つけ、オースチンは正面の入口からロボット二台の位置を確かめた。左側のロボットのほうが距離は近い。カメラを搭載しているのを承知したうえで、それをうまく利用することにした。外に出て足を止め——こちらを向くウォーボットを見て立ちすくむふりをした。

赤いレーザードットに捕捉され、横っ飛びした瞬間に最初の銃声が轟いた。風を切った弾丸はオースチンの頭の脇をかすめていった。

這いつくばって建物にはいり、姿勢を低くしたままのオースチンに機械が向かってきた。接近しながらふたたび発砲した。

「その調子だ。おまえはおれたちを見つけた。早く捕まえにこい」

マシンの動く音が聞こえてくると、オースチンは飛び出して階段へ走った。一階分を駆けあがる間に、正面から建物にはいったウォーボットはスキャンを開始した。

音高く階段を四階まで駆けあがると足をゆるめた。そこで、かつては窓だった開口部から外の闇を覗いた。さらに数台が向かってくるのが見えた。

計画はうまくいっていた——一点を除いては。最初の一台の動きがオースチンの予想を超え、はるかに超えて速かった。すでに二階下まで来ている。

オースチンはつぎの数階分を駆けのぼった。閉じられるドアも、道をふさぐ障害物も、機械を足止めするようなものはなかった。とはいえ、それがあったところで意味はないだろう。模擬実験でロボットがドアを打ち破るところをさんざん見ていた。

七階を過ぎると上から、ザバーラとナガノが何かを叩く音が聞こえてきた。「調子はどうだ？」オースチンは叫んだ。

「誤算、その一」とザバーラが叫びかえしてきた。「屋上のドアに南京錠《なんきんじょう》が掛かってる。それを壊そうとしてる。でもまあ、計画にはひとつぐらい問題があるものさ」

「問題がひとつならいいが。実はふたつある。先頭のウォーボットが掩護《えんご》を待とうとしない」

「だったらその足を止めてくれ」とザバーラが叫んだ。

言うは易《やす》く、行なうは難し。オースチンは自分が手にしている剣はどうかと考えた。

「正宗がロケットランチャーをつくらなかったのが残念だ」

「こっちで別の道を探したほうがいいか？」とザバーラ。

オースチンはあたりに目をやり、使えそうなものを見つけた。「いや。そのドアでつづけてくれ」

「そっちはどうする?」

「最高の害虫駆除法がある」

ザバーラとナガノが上でドアを叩きつづける一方、オースチンは階段の端の崩れかけた手すりに正宗を振りおろした。底部の錆びた金属を断ち切り、障害物を取り除いた。

そして壁の一部が崩落した瓦礫の山に駆け寄った。そこにかなり大きなコンクリートの塊りが転がっていた。重くて持ちあげられなかったが、腰を落として両脚で押すと床の上を滑った。それを階段の端まで動かして待った。

階下のロボットは動きまわり、スキャンしては動くというのをくりかえしていた。いわばエイリアン風の移動のスタイルである。踊り場に着いては停止し、熱の痕跡がないか調べていた。

もうすこし。

ついにロボットが向きを変え、オースチンから一〇フィート下の開けた場所に現われた。

力をこめたひと突きで、オースチンは二〇〇ポンドのコンクリート塊《かい》を縁から押し出した。まっすぐ落下したコンクリートはロボットの中心付近を直撃すると、付属物を押しつぶしながら本体を文字どおりぺちゃんこにした。

六本の脚が伸び切ったのを見て、オースチンは壊れたと思った。ところがロボットは動きだし、コンクリートは床に滑り落ちた。重石《おもし》から解放されたマシンは跳ねるように起きあがった。

「そういえば、ゴキブリはなかなか死ななかったな」

活動を再開した機械は上を向き、照準レーザーでオースチンを捕捉して発砲した。

オースチンは身を投げたが、そうする必要もなかった。下で起きた爆発が階段を揺さぶった。

オースチンは顔を覗かせた。ロボットの銃身が切断され、破片が散っていた。ウォーボットは発砲すると同時に破裂したのだ。

「コンクリートが銃身を曲げたんだ」とオースチンは言った。「計画どおりだ」

ロボットは破壊されなかったが、少なくとも去勢はされた。

オースチンはまた階段を駆けあがった。「ふたたびリード」と叫んだ。「人間：2、ロボット：1」

最上階に着くと、ザバーラとナガノに叩き壊されたドアがあいていた。そこを抜け、ドアをしっかり閉じると、オースチンは雨のなかに出た。ザバーラとナガノは屋上の端に立ち、隣りの建物との隙間に目を凝らしていた。

ザバーラが悪いニュースをもたらした。「言いたくないけど、アミーゴ。橋はない」

「ブレースがあるはずだ」とオースチンは言った。

ザバーラは、建物の端から八インチ突き出した土台の腐食した残骸を指で示した。

「昔はここにあったんだろうけど」

オースチンは悔しそうに頭を振りながら、「古い写真だった」とつぶやいた。「古い写真は当てにならないな」

端から覗くと、十数台のウォーボットがこちらに向かってくるのが見える。すでに建物にはいったロボットもいるにちがいない。「残念ながら、残りの計画は完璧に進行している。ウォーボットが群れをなしてる」

「さて、どうする？」とナガノが訊いた。

向かいの建物を観察すると棟と棟の間はわずか六フィート、むこうの屋上はいま立っている場所より半階分低い。オースチンは剣でその隙間を指した。「選択肢はひとつだ」

三人は目配せを交わした。数フィート下がって縁に向かって走り、隙間の先をめざして飛びあがると暗闇に落ちていった。

「ウォーボット八号機が作動せず、オフラインになってます」と制御員が言った。

ガオはなにも映らない画面を見つめていた。「何があった?」

「見りゃわかるだろう?」と〈鬼〉が言った。「ライフルが暴発したんだよ。コンクリートブロックが当たった衝撃で銃身がやられた。人間ならそれに気づいて銃は撃たない。完璧なはずのロボットがな」

「ほかのが連中を始末する」とガオは自信たっぷりに言った。「あの屋上から逃げ道はない」

ガオが別のマシンの映像に切り換えると、その一台は破損したウォーボットを抜き去り、屋上まで階段を昇りきった。そしてドアを突破すると全領域を四分割にしてスキャンしていった。

ややあって制御員が告げた。「標的を確認できません」

「ほかの階はどうなんだ?」とガオは糺《ただ》した。「連中は引きかえしたかもしれない」

制御員はデータ画面に目を走らせた。「目下、建物の全階に機械が配置されています。どの階も熱痕跡なし。動いた形跡もなし。標的を見失いました」

ガオは制御員を押しのけ、自分でテレメトリーデータを見た。「こんなはずはない。

建物のどこかにいるはずだ」

肩越しに覗きこむ〈鬼〉の息遣いが首にあたるのも鬱陶《うっとう》しかった。

「島の地図を見せろ」と殺し屋が求めた。

「なぜ？」

「いいから」

ガオは憤懣《ふんまん》を感じながらも従った。スクリーンが瞬き、島と建物の輪郭が図示された。「赤い輝点はウォーボットの位置を示してる。そのほとんどが、アメリカ人とナガノがさっきまでいた建物に集まっている」

たった一秒で、〈鬼〉は状況を察した。「おれが表に出て、あの機械に誤って殺されないようにできるか？」

「識別票がある」ガオはコンソール脇の、紐付きの装置が置かれた棚を指さした。「あれを掛けていれば機械は友人と認識して、標的にされることはない」

〈鬼〉はうれしそうだった。剣をガオに向けると、「ひとつくれ」と要求した。「あんたも着けろ」

「私が？　どうして？」

「おれがアメリカ人の行先を知っているからだ。あんたもいっしょに来てもらう」

54

ナガノは足を引きずっていた。

「あのジャンプで傷めたな」ザバーラはナガノの体重ができるだけ自分に掛かるようにした。

ナガノはたじろぎながら作り笑いを浮かべた。「じっさい、ジャンプは平気だったんだが、着地がかなり痛くてね」

「本土に帰って、サケ・ボンバーを二、三杯飲《や》れば新品同様にもどるさ」

本人は笑ったが、ナガノには休息が必要だった。ふたりは建物の偵察に行ったオースチンを待って腰をおろした。

しばらくして、オースチンが現われた。「ロボットの友だちの気配はない」

「やつらに翼がなくてありがたい」とザバーラは言った。

オースチンはうなずいてＮＵＭＡのトランシーバーを出した。「そろそろ助けを呼ぼう」と言って電源を入れ、同期するのを待った。緑色のライトが準備完了を告げると、オースチンは送信ボタンを押した。「アキコ、聞こえるか?」

応答がない数秒が過ぎた。

「トランシーバーも現代のテクノロジーだからって、海に捨ててないことを祈ろう」とザバーラが言った。

「アキコ、こちらオースチン。聞こえてるか? 聞こえるなら受信機側面の送信ボタンを押してくれ」

空電ののち、「無線の使い方は知ってるわ、ありがとう」

「まだ味方でいてくれてうれしいね。何か問題があったのか?」

「ひと晩じゅう、雨水を汲み出していたのを別にすれば、ないわ」

「こっちも同じ答えだといいんだが、いい報《し》らせとしてはナガノを奪回したこと。悪い報らせは、こっちが追われてること。途中で合流しよう。ボートを位置につけられるか?」

「ええ。もちろん」

「よく見ててくれ。こっちはウイングとパラセイルを使うつもりだ」

「着水したらすぐに迎えにいく」

オースチンは通信を確認してトランシーバーをしまった。「三層下に斜めにかかる橋がある。行こう」

階段を降りていくと、侵入時に渡った斜めの橋があった。ロボットの有無を確かめて静かに橋を渡り、パラセイルで着地した建物にはいった。すぐに主階段を見つけて最上階まで上がり、侵入時にランプとして使った、倒れたコンクリートスラブのところまで来た。

その板をよじ登るのが難儀だった。雨水と汚れや黴《かび》で滑りやすくなっていたのだ。オースチンは手と膝をついて登っていったが、片手に握る〈本庄正宗〉のせいで案外手間取り、ザバーラのほうが先に上までたどり着いた。

ザバーラが床面に顔を出した拍子に、銃撃が開始された。弾はザバーラの周囲に当たって水を撥《は》ねちらかし、コンクリートのかけらを屋上から吹き飛ばした。

ザバーラは濡れたスラブをナガノとオースチンのところまで滑り降りた。

「歓迎パーティとは予想外だったな」とオースチンは言った。

「敵の正体を見きわめよう」とザバーラは返した。

ザバーラは最上部までもどると、スラブの縁から九ミリ口径の銃を突き出し、標的がいそうな方角に数発を放った。それで相手は身をかがめるはずなのだ。

この一瞬の隙をついて縁からむこうを見通すと、また下に降りた。

「ロボットか?」とオースチンは訊いた。

ザバーラはかぶりを振った。「腹に一物抱えたヤクザの殺し屋だ。手に剣を、と言ったほうがいいか。片手に拳銃、片手にカタナを持ってる」

「ひとりか?」

「ハンの部下のガオがいっしょだ」

「武器を捨てて降伏しろ」〈鬼〉の声が屋上に響いた。

「日本の首相殺しの罪をこっちに着せるのか?」とザバーラは叫びかえした。「遠慮する」

「だったら出てきて戦え」と〈鬼〉は言った。「それともロボットが来て、ずたずたにされるのを待つか。おれはどっちでもいいが」

「こっちは不利だな」とナガノが言った。

「それにあいつは間違ってない」とオースチンは言った。「ロボットが来たら、状況は悪くなる一方だ」

「だったら、突撃して活路を開くんだ」とザバーラが言い出した。

「自滅的なプランには反対だっただろう」

「原則はね。でもオプションが尽きかけてる」

「おれに考えがある。やつにしゃべらせておくんだ。ときどき発砲して注意を惹きつける」オースチンはそう言いながら剣を掲げた。「おれはやつの側面を突く……サムライ式で」

オースチンが動きだすとザバーラはスラブを這いあがり、会話のきっかけに一発撃った。「そっちは隠れる場所がろくにないな。外にいて丸見えだ。一発で仕留めてやるよ」

「おまえにそんな運があるか」〈鬼〉は笑い声をたてた。「でも、遊びに来たいなら来るといい。ちゃんと立って戦えるようにしてやるよ」

「あれはたぶん嘘《うそ》だぞ」とナガノが言った。

ザバーラは笑った。「たぶん、あんたの言うとおりだな」

相手からの招待への返礼として、ザバーラは銃を構えて発砲した。

ザバーラが〈牛鬼〉の気を散らすあいだ、オースチンはビルの反対側に急いだ。外に視線をやると、六本脚のロボット軍団が建物を包囲し、屋内に侵入しようとしていた。

目についたのは少なくとも十数台。今回は順序だった索敵はなく、群れをなして襲ってくる。

「時はこっちの味方じゃない」とオースチンはつぶやいた。「やけくそで行くか」

窓から外に出たオースチンは建物の側面にある棚状の出っ張りをそろそろと進み、錆びた非常階段にたどり着いた。ザバーラとふたり、降りるのを断念したあの階段である。

ザバーラが〈牛鬼〉に叫ぶ声が聞こえた。

「ロボットがおれたちに山ほど弾をぶちこんだら、検視官に説明するのが大変だぞ」

「死体を海峡に棄ててサメの餌《えさ》にしてやる」と〈鬼〉が答えた。「警察は永遠におまえたちを探しつづける。おれにはどうでもいいこった」

オースチンは非常階段に手を伸ばし、手すりをつかんだ。さらに片脚を掛けると階段全体が揺れた。ザバーラがもう一発撃つのを待った。

銃声が轟くと同時に非常階段に乗り移り、どうにか安定させようとした。金属製の階段はしきりに軋《きし》んだが崩落はしなかった。

オースチンは階段を昇った。細心の注意を払いながら片腕、片足、つぎの腕、つぎの足と動かしていく。剣だけは離さなかった。

最上階に近づくと階段が壁から離れはじめた。上部の留め具はすっかりゆるみ、浸食されたコンクリートの小穴に収まっているにすぎない。手すりから壁まで8の字に巻かれたワイアだけで階段全体をつなぎとめていた。

「確実に建築法違反だ」とささやきながら、オースチンは手すりの先の壁をつかんだ。手がかりを見つけると、非常階段を建物の壁に接するように寄せていった。

屋上では、嘲《あざけ》りの応酬がつづいていた。

「弾薬は取っておくんだな。じきに機械の虫たちがやってくるぞ」

ザバーラは返答代わりに数発を絶妙な間隔で撃ち、オースチンに必要な時間をあたえた。

オースチンは壁を跳び越え、屋上に躍り出た。〈本庄正宗〉を手に突進し、銃撃をかわそうとしていた〈鬼〉とガオに迫った。

ガオが先に気づいた。「危ない!」

〈鬼〉は振り向いて発砲したが、オースチンはサムライの刀を振りおろし、〈鬼〉の手から銃を叩き落とすと殺し屋の親指の一部を飛ばした。これはある意味、ナガノへの仕打ちにたいする意趣返しだった。

拳銃は硬い音を響かせて屋上を転がり、でたらめな方向に暴発した。〈鬼〉は悪態をついて身をひるがえした。

オースチンはそこでガオに注意を向けた。拳銃に飛びつこうとしたガオの顎を蹴り、剣の一振りで銃を遠くへ滑らせた。

今度は〈鬼〉がオースチンめがけ、〈深紅の刃〉を大きく振った。オースチンはその剣を撥ねあげ、二度めの攻撃も脇へ巧みにかわした。〈鬼〉は親指から血を流しながらも、怒りにまかせて躍りこんできた。

オースチンは反撃に転じて〈鬼〉の頭に斬《き》りつけたが、敵もさる者で、〈鬼〉は身を引くと鋭く突きかえしてきた。オースチンは刀を取り落としそうになった。

〈本庄正宗〉を握りなおしたオースチンは渾身《こんしん》の力で振り払った。が、そのあとがつづかず、ふたたび攻撃を受けた。

「素人め」と〈鬼〉が嘲笑《あざわら》った。「八つ裂きにしてやる」

「このまえもできなかったな。こっちにはバールしかなかったのに」

〈鬼〉がまた攻勢に出て、オースチンを愚弄《ぐろう》しながら刀を振った。「この刃は、また血を吸うのを二〇〇年も待ってたんだ。今夜はたっぷり味わわせてやろうか」

防御に追われるオースチンは気の利いたひと言も返せなかった。相手の突きを払いのけざま片手を床につき、パッサータ・ソットの名で知られる低く速い突きを繰り出した。

〈鬼〉は飛びのき、再度前に出てきた。攻撃は熱を帯び、剣が交わるたびに火花が散った。〈鬼〉の斬られた親指の先から流れる血が刀の柄に染みこみ、刀身に沿って滴り落ちた。

オースチンは押しこまれ、屋上の縁へじりじり後退していた。そのとき、ガオが落ちた拳銃のほうへ這っていくのが見えた。

「ジョー！　たのむ！」

すでに屋上に出ていたザバーラは、ガオに突進してタックルを掛けた。拳銃をめぐる揉《も》み合いの最中に、またも〈鬼〉が仕掛けてきた。

最初の突きをオースチンはかわした。

つぎのフェイントでオースチンはバランスを崩した。濡れた床に足を取られ、片膝をついた。

そこで〈鬼〉が〈深紅の刃〉を両手で握ると、オースチンの頭めがけ、処刑人の一撃で真っぷたつにしようとばかりに打ちおろした。

オースチンは〈正宗〉を掲げ、その一太刀を防いだが、おかげで無防備な格好になった。

立ちあがる余裕もないまま、オースチンは前に出て〈鬼〉の腿《もも》に肩を打ち当てた。そのまま空いた腕を相手の両脚に巻きつけて力まかせに持ちあげると、身体を反らしながら〈鬼〉を放した。

〈鬼〉はなすすべなく壁を越えていき、非常階段に落ちて錆びた金属のステップにしがみついた。揺れた階段は、間に合わせに巻かれたワイアが張りつめると動きを止めた。

オースチンは壁に歩み寄った。〈鬼〉が不思議そうな表情で見あげていた。その手から村正の〈深紅の刃〉がこぼれ、ステップに当たって闇の奥に消えていった。〈牛鬼〉は鳩尾をつかんだ。離した手が血に染まっていた。階段に落ちたときに、刃で抉られたのだ。深手だったが死に至るほどではなかった。

オースチンは相手に立ちなおる暇も、別の武器を抜く間もあたえなかった。〈本庄正宗〉を振って固定用ワイアを断ち切ると、揺れる階段を足で突いた。

建物から離れた非常階段は、軋る音をたてながら一〇階下の路地へ落下していった。

55

「私のロボットがおまえたちを始末する」とガオが低声で言った。ザバーラに押さえこまれても、ガオは口を閉じなかった。「近づいてくる音が聞こえるだろう。ここにいれば、おまえたちは殺される。逃げれば執拗《しつよう》に追っていくぞ」

オースチンはガオが首に下げているIDをつかみ、強く引いて紐を切った。「おれが気になってるのは、むしろ彼らがあんたを見つけたらどうなるかなんだ、ミスター・ガオ」

「それは？」とナガノが訊いた。

「誰を撃って誰を見逃すかをロボットに指示する送信器さ」とオースチンは答えた。「ハンの工場で同じものを見た。結果的に、あの訪問はじつに有意義だったたってことさ」

ガオはザバーラから逃れようと身をよじった。「それで守られるのはおまえたちのひとりだけだ」

「それより大事なのは、あんたがもう守ってもらえないってことさ」オースチンはザバーラを見た。「立たせてやれ」

ザバーラが手を放すと、ガオはオースチンの手から電子デバイスをひったくろうとした。

オースチンはガオの手が届かないところに装置を引っこめると、刀の切先でガオの動きを制した。「この建物の北の角に階段がある。走ればそこまで行けるかもしれない。あんたのロボットたちを出し抜いて、地下の隠れ家までもどれたりするかもしれない。でも、おれだったらぐずぐずしないな。あんたが言ったみたいに、彼らはそこまで来てる」

ガオは憎しみもあらわにオースチンを睨んだが、つぎの瞬間には建物の北の角をめざして走りだした。

「一か八かのチャンスをやるとは親切だな」とザバーラが言った。

「やつにチャンスはない」とオースチンは答えた。「それでこっちも多少の時間ができる。ウイングを建物の先端まで運ぶぞ。それなりの速度を出すには、かなり派手に落ちないと」

彼らは力を合わせてウイングボードを押し、建物正面の壁の上に置いた。そしてナガノを翼に乗せた。ナガノは両膝をつくと、ボードを運ぶのに使ったナイロンストラップを両腕に巻きつけた。

オースチンとザバーラがそれぞれ位置につき、パラシュートを持ちあげると、風を受けたパラシュートが背後に浮かびあがった。

数階下で銃声が鳴り響いた。断続的な発砲音につづき、悲鳴がひとつあがった。さらに二度の斉射のあとは音がしなくなった。

「これで余裕もなしだ」とオースチンは言った。「ここから出よう」

「それにはこいつを前に出してやらないと」とザバーラが言った。「スノーボーダーが滑り出すときの要領で」

オースチンはザバーラの首にＩＤを掛けた。「パイロットはおまえだ。ロボットに見つかっても、おまえが撃たれないことが優先だ」

パラシュートが風を孕《はら》み、ふたりが体重を前にかけた。ウイングは建物の端から滑り落ちると、みるみる加速しながら建物から離れ、切り立った崖《がけ》にある巣からダイブするワシのごとく降下していった。

ウイングとパラセイルが瞬時に揚力を生み、三人の体重が推力となって前進速度に変わった。

彼らは島の表側を滑空し、ヘリコプターが着陸した空き地を通過した。低空飛行で防波堤を越え、波間の上に飛び出した。

仮に一発でも銃撃があったとしても、その銃声を聞いた者はいなかった。

島から離れると、速度を落として高度を稼ごうとしたが上昇気流に乗りきれず、結局は一般的なグライダーと同じ道をたどることとなった。高度を上げたことで速度が落ち、つぎの降下でいっそう高度を下げた。

「どんどん落ちていくぞ」とオースチンが指摘した。

「これといって打つ手がない」とザバーラが言った。

「アキコが見つけてくれることを祈ろう」

彼らは風に乗り、猛スピードで海流を越えた。だがじきに海面すれすれまで降下し、パラシュートを引きもどすことで飛行時間をわずかに稼いだ。

「着水に備えろ」とザバーラが言った。

ウイングは波をひとつかすめたものの、つぎの波を食らい、たちどころに停止した。オースチンとザバーラ、ナガノはうねる波間に頭から投げ出された。オースチンは水中に没し、海水の塩気を唇に感じながら浮かびあがると、ちょうどパラシュートが海に落ちたところだった。

パラシュートの下からザバーラが顔を出し、ラインを払いのけると、急いでその場を離れた。その横ではナガノが立ち泳ぎをしている。

中空の翼は海面に浮き、三人はその端にしがみついた。

「何か見えるか?」とオースチンは訊いた。

「いや、でも音なら聞こえる」とザバーラが言った。

すぐにオースチンの耳にも届いた。高速でこちらに向かってくるモーターボート。それは白い船首波だけを目印に暗闇から立ち現われ、ようやく最後にライトが点いた。

アキコはボートをウイングに横付けして身を乗り出した。「帰ってくるのが遅いわ。雨のなか、こんなところで待たされたら水浸しよ」

オースチンはナガノに手を貸してボートに乗せ、そのあとからザバーラが自力でよじ登った。そこに島からライフル弾が飛んできて、ファイバーグラスが周囲に飛び散った。

オースチンはデッキに伏せるとアキコに叫んだ。「ライトを消せ!　ここから脱出しろ!」

アキコは手を伸ばしてスロットルを開き、舵輪を回した。ボートが旋回して前に飛び出したが、猛攻撃はやまなかった。

オースチンは弾丸が腕をかすめるのを感じた。目の前でフロントグラスが粉々にされ、海上無線機が破裂した。ようやく射程外に出たころには、船尾梁《りょう》と後端部分に十数発もの弾丸を浴びていた。

アキコはスロットルを開いたままにした。

「みんな無事か?」とオースチンが訊ねた。

ナガノがうなずいた。ザバーラは太腿の軽傷で出血していたが、それ以外は無傷だった。アキコは髪についたファイバーグラスの破片をつまんで取った。

ボートは島のウォーボットや狙撃手《そげきしゅ》との距離を広げながら疾走をつづけたが、そのうちモーター収納部から煙が上がった。さらに一マイルほど行ったあたりで、カウリングから炎が噴き出した。

「エンジンを切れ」ザバーラが消火器をつかんで叫んだ。

アキコがスロットルをゼロにもどすと、ボートは惰力走行に移った。減速しながら進みつづけたが、やがて推力を失った。

ザバーラはカウリングを開き、消火器で火を消した。ひと目見ただけでお手上げだとわかった。「これは直せない」

「じゃあ、どうするの?」とアキコが訊いた。

オースチンは本土のほうに首をめぐらした。長崎の空は白みはじめていた。じきに夜が明ける。

「きみたちはここに残ってくれ」彼はアキコとナガノに言った。「船が通りかかったら手を振って止めるんだ。ザバーラとぼくは泳いでいく」

「岸まで一マイルはあるわ」

「せめて潮が味方してくれることを祈ろう」

56

上海

まだ夜も明けやらぬころ、ポールとガメーは上海中心部にある人民広場内の閑散とした公園を歩いていた。

「ここはむかし競馬場だった」とメルが言った。「でも、賭博《とばく》を嫌った共産党が競馬を禁止して広場にしたのよ」

「うってつけの場所だ」とポールは言った。「いまから、ぼくらの自由を懸けた大博打《おおばくち》を打つわけだから」

三人はそのまま公園を横切って政府庁舎へ向かった。〈牡蠣《かき》〉の通称で知られるその建物は下層部がコンクリートとガラスの優雅な曲線で隠れて見えず、その下をくぐらなければ正面入口には近づけない。

ためらいはなかった。重要な決断はすべて下された。あとは事態の進展を見守るだけだった。入口に到着すると、メルが自身の身分証を使ってビルの外に立つ警備兵を言いくるめるのを待った。

「ぼくひとりで行けばいいんじゃないか?」とポールは言った。「それならうまくいかなくても、きみたちふたりにはまだ逃げるチャンスがある」

ガメーが首を横に振った。「病める時も健やかなる時も、でしょう?」

「これは間違いなく病める時だ」

「きっとうまくいくわ。それにヴァンに寝泊まりするぐらいなら、刑務所暮らしのほうがましだと思う」

「それが本当ならいいけど。でも、そろそろ運気が上がってきてもいいころなんだ」

建物内には二四時間体制の検問所があった。数名の警備兵が近づいてきて、彼らの機材を念入りにチェックしはじめた。「身分証を」と警備兵のひとりが言った。

メルはネットワークの身分証を出して説明にはいった。「こちらの二名はうちの新しい制作クルー。彼らは……」

警備長はそれには取り合わず、ポールとガメーを睨みつけた。つかの間の逡巡《しゅんじゅん》の後、彼は中国語で何か叫ぶと手を振って部下を集めた。アメリカ人たちは即座に包囲された。

「チャン将軍にお会いしたい」とポールは言った。「われわれはこの場で降伏する。将軍にお見せしたいものがあるんだ」

メルがそれを中国語でくりかえした。

警備長は首を振って電話を手にした。残る警備兵が銃を抜いた。うちひとりがポールを力ずくでひざまずかせようとした。

「彼らを通せ」

暗がりから声がした。全員の視線がそちらを向き、殺気立った空気が一変した。ロビーの奥から、小柄だががっちりした体躯《たいく》の主が現われた。その人物は人民解放軍の緑の制服を身に着けていた。胸には勲章がずらりと並び、軍帽を――隠れ蓑を――目深《まぶか》にかぶっている。

警備兵全員が姿勢を正した。

「徹底的に調べたら私の部屋まで連れてくるように」と新参者は告げた。

「将軍」と警備長が声をあげた。「この二名は指名手配犯です。国家の敵として、最重要指名手配犯一覧に掲載されております」

将軍は警備長にレーザー光線もかくやの視線を浴びせた。「命令したはずだ」

「承知しました、将軍」

ポールとガメーは、メルの同時通訳を聞きながら推移を見守っていた。チャン将軍が見つかったことはすぐにわかった。

「ここにはきっとルディの友人がいるんだ」

徹底的な身体検査を受け、すべての機材を取りあげられたあと、ポールとガメーはビルの奥へ連行され、メルとも引き離された。そこから七階の執務室まで上がって、室内でふたりきりにされた。

「さてどうする?」とポールは言った。

「待つしかない」とガメー。「チャン将軍が耳を貸してくれることを祈りましょう」

ポールも同じ思いだった。彼は首をめぐらし、大きなピクチャーウィンドウの外に目をやった。ここからだと、ビルの前面にある〈牡蠣〉の殻に邪魔されることなく人民広場が見渡せる。夜はすでに明けていた。

「その窓は嵌め殺しだ」チャン将軍の声がした。「そこから逃げようと考えているなら……」

将軍はラップトップを小脇に抱えてドアをはいってきた。ポールは将軍に向きなおった。ガメーは居ずまいを正した。

「逃げる気なら、そもそも出頭はしません」とポールは言った。「チャン将軍ですか？」

「いかにも」と将軍は答えた。「そちらはポールとガメーのトラウト夫妻、NUMAの職員でアメリカ市民。スパイとも言われているが。きみたちが不法に入国したことは明らかだ。言っておくが、これは死刑に値する罪だ」

さすがに銃殺刑はないにしても、中国の強制収容所に何年か放りこまれる結末はなきにしもあらずだろう。「そうならないことを願っています」とポールは言った。「私たちはスパイではなく、メッセンジャーとしてここにいます。だからルディはあなたと連絡を取った。あなたなら、私たちの話に耳を貸してくださるとルディは信じています」

「〝信じる〟？」将軍は小さく笑うと、軍帽を脱いで机の上に置いた。「そんなことを言うのは愚か者だ」

「でも、彼のことはご存じでしょう」ガメーが席を立って言った。

「ルディ・ガンがメッセージを送ってよこした。きみたちの話に耳を傾けてほしいと。〈ナイトホーク〉の惨事の際に出来た縁故に免じて、話を聞いてやってほしいと懇願してきた。こちらの記憶が正しければ、あの件にはきみたちふたりも関わっていた」

ポールとガメーはうなずいた。

将軍はデスクの端に尻《しり》をのせた。「あの夜、私は貴国の政府の多くの人間と話をした。その大半は傲慢かつ好戦的で、頭の固い連中だった。しかしルディは私の尊敬を勝ち得た。彼は見解ではなく事実を話した。優位な立場に立つことよりも結果を求めた。だから私はきみたちの話を聞くことに同意した。だがいいかね、私が同意したのはそこまでだ」

ルディとチャンの関係を理解したことで、ポールは自信を深めた。「あのとき、ルディは中国の航空機に仕掛けられた爆弾の解除方法をあなたに教えました。そもそもあの情報は私とガメーが命を懸けて入手し、ルディに伝えたものです」

「見あげた行ないだ」とチャンは言った。「しかし、私には関係ない。あのとき、きみらは自国の都市を救おうとしていたのだから」

「それはそうですけど」とガメー。

チャンは机のそばにある椅子を手で示した。「本題にはいろう。我が国の主権を侵害し、自身の命を危険にさらすだけの価値があるものとは何なのだ？」

「お見せしたほうが早いでしょう」ポールはラップトップに手を伸ばした。「お借りしても？」

チャンはラップトップを差し出し、ポールはプレゼンに取りかかった。海面が加速度的に上昇していることをどのように発見して測定したか、そこからどうして東シナ海の深海採掘作業にたどり着いたかを、データを積みあげて一歩ずつ順を追って説明していった。そして、それが大陸プレートを貫く亀裂と、地底深くにあるリングウッダイトの層にふくまれる測り知れないほど大量の水につながる仕組みについて解説した。

チャン将軍は冷静に画面を見つめ、ときおり質問を挟みながらも、ポールの話が終わるのを辛抱強く待っていた。

「納得のできる説明ではあるが」とチャンは言った。「ならば採掘作業を中断して一年になる現在も、水位が上昇しているのはなぜだね?」

「わかりません」とポールは認めた。「とにかく、このデータを貴国の地質学者に見てもらってください。必要なだけテストや実験をおこなうといいでしょう。おそらく同じ結論に達するはずです」

「それで私に、これは我が国の水中作戦の中身を暴露させようという涙ぐましい一策ではないと信じろというのかね?」

チャンは皮肉たっぷりに言ったが、ポールにはそれが形式的な質問にすぎないことがわかった。どう答えたものかと思いあぐねていると、ガメーが代わって口を開いた。

「将軍」彼女は丁重に言った。「わたしたちが嘘のために自由をなげうつと本気でお考えですか？　もし間違っていたら、取引きが成立するまで何年も刑務所に入れられることになるのに。わたしたちはスパイでもなければ、他人の手駒でもありません。答えを求めて、自らの自由意思でここに来たんです。逃げたのは追いつめられ、命を脅かされたからにすぎません。将軍は先ほど、命を懸けてまで中国の国境を侵したのはなぜかとお訊ねになりました。答えは単純で、大惨事を避けるためです。一年まえ、あなたの工作員が〈ナイトホーク〉から制御ユニットを盗んだときに、ルディがあなたに接触したのと同じ理由です」

　チャンは黙したままだった。耳にしたすべてを余さず熟考しているように見えた。

　ポールがいくつか補足した。「中国の情報機関の高官であるあなたなら、いま私たちが話したことはすでにご存じかもしれない。その場合、あなたが決断するのは私たちの処遇だけです。一方で、もしも初耳なら、どうしてこんなことが自分の鼻先で起きるのか、あるいはこちらのでっち上げじゃないかと自問されているでしょう。そうだとするなら、私たちの話の真偽を調べられてはどうですか？　確認する方法はいくらでもあります。いちばん簡単なのは、海底谷にＲＯＶを送って、ご自身で真相を見きわめることです。あるいはウォルター・ハンに関するファイルを引っぱりだして、その企みを調べてみるのもいい」

チャン将軍は目を細めた。「ウォルター・ハン？　実業家の？」

「ええ。ビデオに映っていた、半ば埋もれたロボットが彼のものだと信じるに足る理由があります。また私たちが仲間とともに日本に到着して以来、ハンが日本中を飛びまわってこちらの調査をことごとく妨害しようとしている事実も知っています」

将軍は目を伏せるとスラックスの折り目を引っぱった。いままでのどの話よりも、この情報に動揺しているようだった。さっきポールがしたように、嵌め殺しの窓に顔を向け、外をじっと眺めた。

「きみたちは話す相手を間違えたようだ」とおもむろに言った。「ウォルター・ハンが関わっているなら、この件は私よりはるかに高位の人間の所管だ」

「その高位の方とは？」とガメーが訊いた。

チャン将軍は答えなかった。

ポールは勝負に出た。笑顔の敵より渋る仲間のほうが上等で、まさにそんな相手を目の前にしたと直感したのである。「中国を護るのがあなたの職務なのでは？」

「もちろん」チャンは言った。

「それなら、こう考えてください。私たちがお見せしたものは、遠からず世界中の人間の知るところとなる。海面は上昇をつづけ、しかも上昇速度は増している。その原因が東シナ海の海底でおこなわれている採掘作業にあることは、ほぼ間違いありません。その事実は、将軍が望むと望まないとにかかわらず明るみに出るでしょう。事実がどのように明かされるか、それをコントロールできる力があるのは、いまこの時点で、それもあまり時間はありませんが、あなただけです」

　チャンは聞き入っていた。「つづけたまえ」

「手段はふたつあります。この事象を中国政府が起こした大規模な生態系災害にする。または、ある悪徳実業家がその傲慢さと金銭欲によって世界を危険にさらした結果とする」

「ハンに責めを負わせる。生贄を差し出す。と、そういうことか？」

「中国の面子《メンツ》を保つということです」ポールは誤りを正した。「あなたがウォルター・ハンを名指しし、その腐敗を暴く英雄を演じれば、中国の面目を保つことができる。仮にハンがなんらかの形で中国政府の後ろ盾を得ていたとしても、そのつながりは消すことができる。情勢に鑑《かんが》みて、アメリカ政府は秘密保持に同意するはずです。ただし、直ちに行動する必要があります。あなたが矢面に立って」

「そしてハンは狼《おおかみ》の群れに放りこまれるのか」とチャンは言った。

「誰かを犠牲にしないと。ハンではだめですか?」

チャンは手をつかねて黙考した。丸一分間、身じろぎもしなかったが、やおら腰を上げてデスクにもどった。

「きみたちはここにいてくれ」と彼は言った。「きみたちがここにはいるのを見た警備兵たちには早めの休暇を取らせた。心配するな、彼らに危害が及ぶことはない。リポーターの友人もしかり。彼らを除けば、この建物内にきみたちがいることは誰も知らない。ただ皮肉なことに、きみたちを追っている当の人間がこの数階上にいるのでね」

それだけ言うと、チャンは机から取りあげた帽子をきっちりかぶり、部屋を出ていった。

チャン将軍はビルの九階でエレベーターを降りた。そのまま大股《おおまた》で廊下を進み、突き当たりにある執務室の前まで来た。近づいていくチャンに、新たな警備陣が気をつけの姿勢を取った。

「老師はおられるか?」チャンは士長に質した。

「はい、将軍」と士長は答えた。「いまは邪魔をしないようにとのご命令です」

「お会いしたい」とチャンは語気を強めた。

「ですが……」

「お会いしたい……いますぐ」

士長は黙った。下級兵士にとって、上からの命令の板挟みにあうというのは最悪の状況である。つまるところ、チャンは将軍でウェンは政治家だ。最後には軍服が物を言った。士長は敬礼し、ドアをあけて脇に寄った。

チャンが部屋にはいると、ウェン・リーはソファに座って朝のニュースを見ていた……日本のニュース番組だ。

ウェンはテレビから目を離さなかった。「邪魔はするなと命じておいたが」

「ええ。私が撤回を命じまして」

ウェン・リーは固陋《ころう》な人間ではない——こうした権力者は因習にこだわる必要がないからなのだ——が、ウェンはこの不遜《ふそん》な態度に身をこわばらせた。

「出ていきたまえ、将軍」と切って捨てるように言った。「私はきみを呼んでなどいない。きみの部隊がようやくその能力を示し、アメリカ人を捕らえたのでないかぎり、きみと話をする気はない」

ウエンは政府内の軍および警察組織を総動員してアメリカ人の捜索にあたらせていた。それだけの力が彼にはあった。だからこそチャンも上海にいた。北京に残りたがっていたチャンに勝手を許さなかったのである。

チャンは前に進み出た。ふたたび軍帽が取られた。「アメリカ人なら見つかりました」と彼は言った。「そして、彼らはじつに興味深い話を聞かせてくれました」

そこで初めて、ウェンは全神経をチャンに向けた。「どこにいる？　いますぐ会おう」

「それは待っていただかないと」

立ちあがったウェンの表情が、不意に好々爺《こうこうや》のそれから悪辣《あくらつ》なものへと変わった。

「私に逆らうのか？　きみはもっと利口な男だと思っていたが」

自分は過ちを犯そうとしているのか、とチャンは思った。ウェンは国の第二の実力者であり、多くの悪事の主導者であった。主席が国を動かし、共産党の公務をこなすその裏で、ウェンはおよそ人に存在も知られていないレバーを操作している。チャンほどの重責にある人物の運命をもその手に握っていた。

が、翻って中国には臆病者《おくびようもの》の居場所はない。政府は西側諸国より古代ローマのそれに近い。権力を集め、行使する。権力とはつかみ取るもので、あたえられるものではない。そしてチャンには切り札があった。「あなたはウォルター・ハンに、日本で何をさせているのですか？　彼があなたの手先であることは承知しています」

「その質問に、きみは大きな代償を払うことになるぞ、将軍」

「だとしても、お答えいただきましょう」

膠着《こうちゃく》状態がつづいた。面と向かって挑まれることに不馴れだったウェン・リーは、ひたすらチャンを睨《ね》めつけていた。

チャンは直立不動で一歩も引かない。

ついにウェンが顔を背けた。そのまま小卓へ向かうと腰をおろした。小卓の上にも、まだ決着のついていない碁盤があった。ウェンは碁笥《ごけ》に手を入れ、黒石を一個取り出した。

「両手を見える位置に置いてください、老師」

「私を逮捕する気か？」とウェンは質した。

「それはウォルター・ハンが日本で何を企んでいるかによります」とチャンは言った。「それと〝蛇の顎〟で起きた鉱山事故とハンの関係にも」

「ほう……。多少の知識はあるらしいな」ウェン・リーはそう言うと、チャンにはもう目もくれずに盤面に集中した。そしてその骨張った指をテレビの画面に向けた。

「ニュースを観たまえ。じきにわかる」

57

長崎県

　オースチンとザバーラは海から石の浜に上がった。トライアスロンの選手よろしくフィンを投げ捨て、浜を駆け抜けた。ただし似ていたのはそこまでで、あとは車の窓ガラスを叩き割って防犯アラームを止めると、記録的な速さでエンジンを直結させた。

　海岸沿いの道路を急ぎながら、オースチンは言わずもがなのことを口にした。「調印式までに友好館に着かないと」

「警察に行くっていう手もある」とザバーラが言った。

「行って何を話す？　おれたちと瓜ふたつのロボットが首相を狙撃しようとしてるって？　正直に話したところで、妄想に取り憑かれてると思われて、鎮静剤を打たれて病院送りにされるだけだ」

「少なくともアリバイにはなるな。精神科の病棟で治療を受けてれば、首相の暗殺は不可能だからね」

「それだと首相も救えないし、ハンの関与を明かすこともできない。だから、この際その両方をやろうと思ってる」

「どうやって?」

「現行犯でハンを捕まえる。テレビカメラの前でロボットの顔を剝ぎ取る」

「名案だな。でも、一分でも到着が遅れたら……」

「わかってる」オースチンはギアを変え、車の流れに突っ込んでいった。「またしてもやつの術中にはまることになる」

一マイルほど行った先で、オースチンはまだ開店していない商店の前に車を停めた。ザバーラとふたりで店に押し入ると、棚にあった衣服を漁《あさ》り、何点かを引っつかむと店を飛び出し、車で走り去った。

「おれたちのせいで二人組の犯罪が急増中だ」とザバーラは言った。「この二四時間でボートと車と服を盗んだ。このままいくと、日本国内での違法行為は全部外国人のせいだっていうナガノの主張が正しいことになっちまう」

「彼にそう主張するチャンスがあることを祈ろう」

しばらく行くと渋滞に巻きこまれた。パビリオンの付近は来場者や報道陣、警備班でごった返していた。道を変えても、すべて渋滞にぶつかるか車両通行止めになっていた。

「車を捨てて徒歩で行こう」とザバーラが言った。

オースチンは車を駐め、ふたりは降りたそばから走りだした。まもなく他の来場者とともに列に並び、金属探知機を通ってパビリオンに入場した。

「ロボットはどうやってここを通ったんだ？」とザバーラが低声で言った。

「おそらく裏口からはいったんだろう」とオースチンは返した。「ナガノの警察手帳が一役買ったんだ」

「やつら、どこにいると思う？」

「ほかは知らないが、おれのレプリカは調印式の最前列にいるはずだ。犯行の一部始終を全世界に見せつけるために。それ以外はおそらく脱出ルート上に配置される。問題は、どうやってやつらを止めるかだ。おれたちよりはるかに腕力があるし、基本的に防弾仕様だ」

ザバーラがふっと口もとをゆるめた。「そこはおれも考えてた。あんたがあんたと格闘して、負けそうになっているのを見てからずっと」

「それで？」

「ケンゾウの城で受けた検査を憶えてるか？　大きな電磁石を使って、おれたちが隠し持っているかもしれない電子機器のプログラムを消去しようとしただろう。おれたちの双子のロボットにも、あれと同じことをすればいい」

ザバーラの天才的なひらめきに、オースチンはいつもながらにやりとした。「即席でつくれるのか？」

「でかい金釘《かなくぎ》と延長コードに、それを挿しこむコンセントさえあればね」

調印式は公的な行事だった。だが政治にはよくある話で、今回もマスコミの要望に最大限応えるものになっていた。テレビカメラが配置され、三脚や器材バッグを持ったカメラマンにはフロア前方のスペースが割り当てられた。その後ろには録音機器を手にした記者たちが肩もふれあわんばかりに立っている。

ハンは会場を埋めつくす人々を眺めた。数分ですべてが終わる。その後、彼は中国にもどり、栄誉を得るのだ。ハンは期待に胸が高鳴るのを感じた。

ようやく日本の首相と中国の大使が到着した。

両者の握手は、すべてのカメラに捉えられるように三〇秒もつづいた。激しく点滅するフラッシュに目がくらみ、催眠状態に陥りそうな光景である。

大使が演壇に進み、短い声明を発表した。つぎに首相が長めの演説をおこなった。ハンはその後方で、この瞬間の実現に貢献した他の数名とともに誇らしく立っていた。

誰もが政治家たちに注目するなか、ハンはフラッシュの眩しい光に目をすがめつつオースチンのレプリカを探した。三体のロボットはすでに自律行動モードにはいっており、オースチンのレプリカは、協定書の最後の一枚に署名がなされた瞬間に抗議の声をあげ、首相を撃つようにプログラムされている。

ナガノのレプリカは裏廊下の先で待機し、脱出口を確保していた。ザバーラのレプリカはほんの一瞬会場に姿を見せ、テレビカメラに確実に映るようにしたあと、逃走用の車にもどっていた。愉快なのは、その車が山中の神社からナガノを拉致した際に牛鬼が奪った、ナガノの覆面パトカーであることだった。

準備はととのった。計画に瑕《きず》はなかった。

58

友好館

ナガノのレプリカは、建物裏側の無人の廊下に立っていた。それはレプリカ自身の意思ではなく、緊急事態が発生した場合、警備員によって封鎖される可能性が最も高いのがこの出入口であるとプロセッサーが判断したからにすぎない。

作戦が次段階に移るまでこの場に留まり、屋外駐車場への脱出経路を確保する。そしてオースチンのレプリカが来たらともに建物を出る。その速度は脅威の有無によって決定される。

それまでは人間模倣プログラムを継続し、このドアのロックは確実に解除しておく。

レプリカの光プロセッサーが人間二名の接近を検知し、その制服から保守作業員と断定した。プログラムに組み込まれた第二ルーティンがこの二名を脅威なしと判断し、第三ルーティンがレプリカに笑みを作らせ、会釈をさせた。

一方で人の顔をスキャンし、可能であれば識別するよう設計された別のアルゴリズムは起動しなかった。これは機能がオフラインになっていたからではなく、近づいてくる男たちがキャップを深くかぶって顔の大部分を隠していたからである。

しかし脅威と判定されないかぎり、レプリカは受動的《パッシブ》モードを維持し、人間模倣プログラムが優先機能でありつづける。

このプログラムのサブルーティンのひとつは、ロボットであることが露見するふたつの要素――レプリカの静止時間と凝視時間を制限するものだった。よってナガノのレプリカは近づく対象者を三秒間見つめたのちに目をそらし、左腕を曲げて持ちあげると、右手を使って袖口を下げた。

と同時に、左手首の腕時計に光センサーを向けた。時刻を確認したわけではなく――時刻はＣＰＵ内部の回路が正確に計測している――その動作の意味も理解していなかった。単にプログラムの一部にすぎなかった。

動作が正常に模倣されると、つぎの指令に従って腕を組み、息を吐き、ドアの小窓から外を見た。

損傷検出。

腰背部への鋭い衝撃に内部センサーが反応した。外面パッドに穴があいていた。自己防衛ルーティンが働き、レプリカは身を翻して武器に手を伸ばそうとした。だが回転を終えるまえにすべての処理が停止した。

オースチンはゴム手袋をはめた手で、レプリカの背中から鋭く尖った金属ロッドを慎重に引き抜いた。全体に裸の銅線がきつく巻かれたロッドは、一〇〇フィートほどのゴム被覆の延長コードにつながっていて、そのコードが挿しこまれた壁面のコンセントの横にはザバーラがしゃがんでいた。

オースチンがその鋭利なロッドをレプリカの人工皮膚と筋肉に突き刺したのだった。あとは日本の電力システムから供給される一〇〇ボルトの電流が引き受けてくれた。レプリカ内に環状磁界と電力サージを同時に発生させたのである。レプリカのCPUは瞬時に破壊され、すべてのプログラミングが消去された。

ナガノのレプリカは痛みに悲鳴をあげることはもちろん、いかなる反応も見せなかった。火花も飛ばなければ、機械的な発作を起こすこともなかった。身体をわずかに右に回した格好でシャットダウンした。いまはその姿勢のまま、マネキンのように動かない。

オースチンはその眼前で手を振ってみた。

反応なし。

ザバーラが延長コードを巻きながら走ってきた。「言ったとおりだろう?」

「おまえは天才だ」とオースチンは返した。「こいつがもう目覚めないのはたしかなのか?」

「あれだけの衝撃を受けたあとだからな」とザバーラは答えた。「万が一、オンラインに復帰してもプログラムファイルは残ってない。途方に暮れて、その場に突っ立ってるだけさ」

「一体は始末した、残りは二体」とオースチンは言った。「この制服を見つけた掃除用具入れにこいつを閉じこめたら、つぎに進むぞ」

首相が長ったらしい演説を終えた。やっとか、とハンは思った。

署名用のペンが渡された。六枚の協定書が机上に並べられた。一枚めに署名し、ペンを脇へ置く。二枚めの署名のために新しいペンが渡される。これをくりかえす。

五枚めに署名しようとして、中国大使がうっかりペンを落とした。ペンは机から落ちて床に転がった。首相と大使は同時にペンを拾いあげようとした。

「これぞ協力ですな」と首相が言った。

誰もが笑った。最後の一枚が机に置かれた。ハンはアドレナリンが噴出するのを抑えられなかった。

気持ちを落ち着かせようと、あらためて観衆に目をやった。オースチンのレプリカが人込みを押し分けるようにして、カメラマンたちがいるフロア前方に近づいてきていた。いつでも銃を抜き、発砲できる状態に見える。だが、何かがおかしかった。

「そんな」ハンはつぶやいた。「馬鹿な」

ペン先が協定書に下ろされた。オースチンのレプリカがカメラマンを押しのけて前に飛び出した。「日本は中国の同盟国になどならない！」

拳銃を構え、発砲しようとしたレプリカに何者かが飛びかかった——が、それは警護の警察官ではなく、本物のカート・オースチンだった。四発の銃声が響いた。弾道は低くそれ、演壇に穴を穿っただけですんだ。観衆が悲鳴をあげて逃げまどった。

ハンはわが目を疑った。呆然《ぼうぜん》と立ちすくむと、すぐに逃げだした。

オースチンはレプリカに飛びかかり、金属ロッドを背中に突き刺したが、レプリカは一瞬、身体を硬直させたものの、機能に支障を来すことはなかった。その腕でオースチンをつかむと乱暴に投げ飛ばした。

オースチンは数フィート飛んで空になった椅子をなぎ倒し、レプリカは立ちあがってふたたび発砲した。その弾丸は首相を取り囲んで外に連れ出そうとしていたSPに当たった。三人が相ついで倒れた。応戦しようとした四人めもレプリカに撃ち倒された。

オースチンは裏切られた思いで手のなかのロッドを見つめたが、真相はもっと単純だった。逃げだした観衆がコードにつまずき、コンセントから抜いてしまったのだ。

オースチンは椅子をつかむとレプリカの背中に振りおろした。

ロボットはバランスを崩したが倒れなかった。反転してオースチンを殴り、オースチンはカメラドリーに激しく打ちつけられた。

オースチンが倒れた隙に、レプリカがもう一発撃った。今回、首相を守ったのは民間人だった。横から首相を押し倒し、代わりに銃弾を食らった。

力でロボットに勝てないことはわかっていた。オースチンは電源コードを鞭のようにしならせてレプリカのほうに投げると、テレビカメラの横にあるコンセントにプラグを挿した。

とどめを刺そうとレプリカが前に出るのと同時に、オースチンは演壇に突進し、機械の双子の脊椎あたりに金属ロッドを突き刺した。

レプリカは不自然な態勢のまま動きを止め、そのまま前に倒れた。オースチンはレプリカの背中に乗って床に押さえつけると、ロッドを引き抜き、万全を期して再度深く突き入れた。

そこにようやく、警察と自衛隊の部隊が部屋になだれこんできた。彼らはオースチンを取り巻くとレプリカから引き離した。レプリカをあおむけにして、彼らはその異様な発見に凍りついた。全員の視線が、襲撃者とその犯行を食いとめた善きサマリア人の間を行き来した。

説明している暇はなかった。オースチンはロッドの先端を使ってレプリカの首の皮膚を切り裂いた。そのまま仮面を上にめくりあげ、自動化された機械の正体をあらわにした。

切れぎれの弱い信号に合わせて油圧式の人工筋肉がひくついた。ガラスの目はぼんやり遠くを見ていた。

オースチンがレプリカを見たのはそれが最後だった。警官たちは相当な注意を払ってオースチンを引き離した。

「彼から手を放せ」と命じる声がした。

オースチンは顔を上げた。驚いたことに、ナガノが足を引きずりながら部屋にはいってきた。警視はいまにも死にそうな顔をしながら、だが警察の制服を着用していた。

「そんなにひどい顔じゃなければ、機械を疑うところだ」とオースチンは言った。

「機械なら、ここまで痛い思いはしないぞ」とナガノは返した。

オースチンは笑った。「いつここへ？」

「遅きに失したようだが」

ナガノはオースチンに手を貸して立たせると、ふたりして演壇に上がった。首相が部屋から連れ出されようとしている横で、救急隊員が首相をかばって撃たれたSPと民間人の手当てをおこなっていた。

「アキコ」オースチンは彼女の傍らに膝をついた。アキコは首相の前に飛び出し、背中を撃たれていた。

「言ったでしょう、戦うのは得意だって」アキコは弱々しい声で言った。

「肺に穴があいています」と救急隊員が説明した。「命に別状はありませんが、病院に搬送しないと」

「急げ」とナガノが言った。

オースチンはアキコの手を強く握った。アキコはストレッチャーに乗せられ、運ばれていった。

「まさか泳いだとは思えない」とオースチンは言った。

「夜が明けてすぐ、通りかかった漁船に手を振って止めたんだ」とナガノは答えた。

「これで精一杯だった。やっぱり身分証がないうえにこのありさまだ、こっちがどこの誰かを話して聞かせるのに骨を折ったよ。耳を貸してくれる相手を見つけたときには、もう銃撃がはじまっていた。それでここに駆けつけたんだが、われわれの誰よりもアキコの足が速かった」

「アキコはヒーローだ」とオースチンは言った。「彼女はケンゾウを守ると誓った。ぼくのことも護ると約束して、最後は首相の命を救った」

「表彰ものだな」

「同感だ」

ナガノは微笑した。「残念だが、まだハンの問題が残ってる。どうやらやつは逃走したようだ。中国にもどってしまったら身柄の引き渡しは望めない」

「心配ご無用」とオースチンは言った。「そこまで遠くには行けないはずだから」

59

銃撃がはじまると、ハンも周囲と同じく逃げだした。ただし、逃げた理由はちがっていた。走った方向もちがう。彼はパビリオンの裏側を走り抜け、連絡階段を駆け降りた。途中、反対方向へと急ぐ警官数名とすれ違ったが見向きもされなかった。

一階まで下り、ナガノのレプリカが見張りに立っているはずのドアまで来た。レプリカの姿は見当たらなかったが、わざわざ探しはしなかった。ドアを押しあけ、外に走り出た。

ハンのリムジンは建物横手にあるＶＩＰ専用駐車場に駐めてあった。足早にそちらへ向かったハンは、はっと足を止めた。彼のリムジンを警官が取り囲んでいた。警官はドアを開いて運転手を引きずりだし、地面に組み伏せた。

ハンは踵を返して反対方向に歩きだした。ばれたか。追い詰められ、万事休すか。と、そのときはたと思い当たった。ナガノとザバーラのロボットがオースチンのロボットを待っているはずだ。

彼らにあたえた命令は音声コマンドで上書きできる。ハンは逃走用の車輌を探した。出口付近で待機している。ルーフの上で着脱式の赤色灯まで点滅させていた。うまいことを考えたものだ。

ハンは歩調をゆるめていた。なるべく人目につきたくなかった。ドアを開いて車内を覗いた。ザバーラのレプリカは計画どおり運転席に着いていたが、ナガノのレプリカはどこにもいなかった。まあ、仕方がない。

ハンは車に乗りこみ、ドアをしめた。「駐車場を出たら工場に直行しろ」

ヘリコプターを使えば、一時間とかからずに日本の領空外に出られる。

ザバーラのロボットは車のギアを入れ、数フィート走ったところで停車した。「現金、それともクレジットカードですか?」

「何だと?」

「輸送プログラムは有料です」

いまのは空耳だろうか。その声は思いのほかロボットじみていた。ガオはいったいどこの訛りをダウンロードしたのか。「すべてのプログラムを無効にして、CNR工場まで私を送れ」とハンは命じた。「至急」

それに対する反応は、一九六〇年代のテレビ番組に出てくる古いロボットそっくりだった。「指示エラー……演算不能……指示エラー……演算不能……」

「私はウォルター・ハンだ」と彼は怒鳴った。「おまえに直接命令している！」

すると運転席に座ったレプリカが振りかえった。拳銃を手に、いたずらっぽく笑いかけてきた。「で、こちらはジョー・ザバーラ」そこで急に普通の声に変わった。「で、あんたはおれのボスじゃない」

ハンが真相に気づくには、その幼稚なジョークで充分だった。ドアに手を伸ばしたが、ハンドルをさわるより先に外からドアが開いた。

オースチンとナガノと警官隊が立っていた。オースチンが手を伸ばし、ハンの襟もとをつかんで外に引っぱりだした。オースチンはハンを車に押しつけると満足げに笑った。「人間：3、ロボット：1。ゲームオーバーだ」

60

上海

上海の執務室では、ウェン・リーとチャン将軍がその一部始終を生中継で見ていた。銃撃の場面とそれを伝える実況が延々と反復され、解説者がひっきりなしにしゃべっている。だが、ハンの暗殺ロボットの顔が剝がれるシーンに勝るものはなかった。見るべきものは見た、とチャン将軍は思った。「あなたが仕掛けた覇権争いは失敗に終わったようです」

画面にはヘリコプターからの映像として、数百名に及ぶ警官隊と自衛隊の部隊がパビリオンを三重四重に包囲する様子が映し出されていた。ハンに逃げ道はない。「自由を容《ゆる》す余地なし」とウェンが判じ物めいたことをつぶやいた。「人、生きること能《あた》わず」

「されど中国は生きる」とチャンは返した。「今回のことは、我が国や我が国の体制の落ち度ではありません。ひとりの狂人による仕業です。当然ながら、彼には犠牲になってもらいます」

ウェンはチャンに目を流した。「面目を保つ方法を見つけてあるのか」

「ええ。深海採掘作業に関して、あなたが持つすべての情報をいただきたい。それとウォルター・ハンについても」

「あとで届けさせよう」ウェンはテレビに目をもどし、席を立とうとはしなかった。「いまはひとりにしてくれないか」

チャンは背を向けて扉を開いた。戸口に立って警備兵にこう伝えた。「老師の邪魔をしないように。軟禁下にあるものと思え。この部屋に他人を入れることも、老師を部屋から出すことも禁じる」

兵士たちは声をそろえて応え、直立不動の姿勢を取った。ドアを閉じるまえに、チャンは室内を顧みた。ウェン・リーは不思議なほど穏やかで満ち足りた顔をしていた。肩にのしかかっていた重荷から解放されたのだ。長い闘争が終わった。

61

三週間後
東シナ海

カート・オースチンは中国艦隊の補給船の甲板《かんぱん》に立ち、デッキクレーンから下ろされたフックが、この船に積まれた四隻のNUMA潜水艇の最後の一隻へと導かれていくのを見守った。

NUMA、中国政府、そして日本の海上自衛隊の相互協力の下、東シナ海の海底で起きている異常現象の調査が進められていた。

中国人の船員がフックを定位置へ導き、正しく掛かったことを確認すると、オースチンに向かって親指を立てた。オースチンも同じジェスチャーを返した。

「わずか数週でずいぶん変わるものだ」と背後で声がした。

振り向くと軍服の男が立っていた。「将軍は陸にいるものと思っていましたが」

「そうしたいのだが」とチャン将軍が言った。「きみに直接会ってみたくなった。実在の人物なのか確かめたくてね。この二年のきみの行動には、われわれもすっかり感心している。いま、きみは客人として中国船の甲板に立っているが、つぎに乗ってくるときには許可なく潜りこむか、囚人になっているだろう」

将軍の顔に歪《ゆが》んだ笑みが浮かんだ。オースチンも同じものを返した。「おそらくそうでしょう。しかしながら、あなたがおっしゃったように、物事は変わるものです」

「残念だが、海面上昇の速度は落ちていない」

「真相は海底にあり、ですよ」とオースチンは皮肉めかして言った。「残骸の最悪の部分は取り除かれ、ステーションの残存部に新しいドッキング用カラーを設置しました。そのほとんどが岩盤内にある独創的な建造物ですが、われわれのソナーによる探査結果からみて、内部環境は保持されているようです」

「ウォルター・ハンの思いつきだ」とチャンは言った。「刑務所では、新たな工夫を思いつく時間がたっぷりあるだろう」

早晩、なんらかの取引きがおこなわれるというオースチンの予想に反して、ハンが中国にもどりたがらなかったのは、日本の刑務所にいるほうがましと考えたのだろう。

衛星電話を持った水兵が近づいてきた。「お電話です、ミスター・オースチン」

オースチンは電話を受け取るとチャン将軍に手を差し出した。「またお目にかかるまで……」

チャンはオースチンの手を固く握った。「きょうと同じく、好ましい状況でありますことを」

チャンが去ると、オースチンは電話を耳に当てた。「オースチンです」

「捕まってよかった」とナガノ警視が言った。「きょうの式典をすっぽかしたな」

「申しわけない。晴れがましい席は苦手で。どうでした？」

「文句なしだ」とナガノが言った。「アキコは総理と国民に〈本庄正宗〉を贈る栄誉に浴した。返礼の勲章を受け取り、警察の訓練への参加が正式に認められた」

「これで彼女にも家族ができそうだ」

「われわれは家族を大切にする。言っておくが、アキコは光り輝いていたよ」

「それはそうでしょう。ジョーも付き添いで？」

「手術以来、片時もそばを離れない。話が尽きないようだ。私の耳にはいるのは、もっぱら車のことさ」

「だろうな」

口笛がオースチンの注意を惹いた。潜水艇のハッチから、ガメーが手を振っていた。

「もう行かないと」とオースチンは言った。「幸運を」

「アリガトウ、マイ・フレンド」とナガノ警視が応えた。

オースチンは電話機を返すと、潜水艇の側面の梯子《はしご》を昇り、ハッチから艇内にはいった。ポールとガメーが待っていた。「つぎの停車駅は〈蛇の顎〉よ」

一〇分後、峡谷の底まで降下した。他の三隻はすでに到着していた。その照明が深い亀裂の両側の壁を明るく照らしている。

オースチンは潜水艇を所定の位置に停め、新たなドッキング用カラーに連結した。密閉を確認し、潜水艇のハッチをあけて外に出た。ポールが後につづき、ガメーは操縦席に移った。

「準備ができたら迎えにくるわ」とガメーが言った。

オースチンはハッチを閉じ、ドッキングユニットの内扉に向かった。

「ぼくはここに来るべきだったのかな」ポールが窮屈そうに背を丸めて言った。

「きみがここを見たがると思ったんだ」とオースチンは言った。「結局、ぼくらをここに連れてきたのは、きみの〝カラスと水差し〟のアイディアだからね。ここで最後の答えを見つけるのは、きみこそふさわしい」

ふたりは内扉の前にたどり着いた。中国人エンジニア二名も自国の潜水艇でやってきていた。ひとりは分厚いレンズの眼鏡をかけ、目が髪に隠れていた。

オースチンは小首をかしげた。「端島で会わなかったかな?」

男はうなずいた。「冶金ラボにいた者です」

オースチンもうなずいた。「床屋がまだ見つからないらしいな。ここでは何を?」

「この調査を手伝うということで、拘束を解かれました」と技師は言った。「ここのことは誰よりもよく知っているので。システムの設計に携わりましたから」

「その多くはまだ機能してる」とオースチンは言った。「きみは良い仕事をしたようだ」

「動力は原子力です。原子炉は損傷を受けなかった。なだれが起きたときに水密扉で密閉されました。それだけのことです」

それだけが理由とは思えなかったが、オースチンは黙っていた。「準備は?」

「はい」

エンジニアはサイドパネルをあけ、内扉の手動開放に取りかかった。大きなレンチを使ってスピンドルを回し、ラッチをはずした。

オースチンとポールで重い扉を引きあけた。そこは岩を掘り、鋼鉄で覆ったトンネルになっていた。上部に取り付けられた一連の照明は点灯したままだった。

「メインのセクションを見る必要があるな」とオースチンは言った。

「こちらです」エンジニアはそう言って一行をトンネルの奥へと導いた。

最初の通路の先に第二の通路があり、その先に大量の機材が手つかずで並ぶ待機エリアがあった。

待機エリアを進むと、車二台を横並びで運べる巨大貨物用エレベーターがあった。

「何か聞こえない？」とポールが訊いた。「低いハム音が？」

オースチンはうなずいた。〝手がかり　その二〟。彼はエレベーターに乗り、仲間たちを手招きした。「下へ降りよう」

エレベーターで一〇〇〇フィートほど降下すると、別のセクションに達した。概略図に〈下部制御室〉と記載があった場所だった。縦横の長さが二〇フィート、面積が四〇〇平方フィートほどの空間かと思っていたが、実際は広々とした洞窟《どうくつ》で、四方八方に暗いトンネルが延びていた。

「まるでグランド・セントラル・ステーションだ」とポールが言った。

オースチンは周囲を見まわしてうなずいた。そこかしこに電線が張りめぐらされている。まるで建築現場のように、真新しいキャタピラ痕が地面に残されていた。ハム音が大きくなった。

エンジニアたちが部屋を横切り、制御卓に向かった。ポールとオースチンは別の方向へゆっくり歩いていった。先ほどまで鋼鉄に覆われていた壁が、ここでは岩と〈黄金アダマント〉が混ざった琥珀《こはく》色に変わっていた。

「これはここにあるべきものじゃない」と技師が言った。「ここは制御室と深い切削坑をつなぐ、単なる受け渡し場所であるはずだ。この部屋全体が……」

エンジニアの声がしだいに大きくなる騒音に掻き消された。全員が振り向いた先のトンネルのひとつから、光の塊りが近づいてきていた。一台の機械が地を這うようにゆっくり洞窟にはいってくると、壁際に向かった。その前面が破損していた。機械は動きを止め、ロボットアームで壁の電力ケーブルをつかみ、自らのバッテリーパックに挿しこんだ。

〝手がかり　その三〟。「すべてがここにあるのは、機械が自力でつくったからだ」とオースチンは言った。

「なんだって?」

「機械はいまも掘りつづけてる。命令されたとおりにね。人工知能にプログラムされて、目標を達成しようと最善の策を選んでいるのさ」

オースチンが話しているあいだに、端島から来た技師は制御卓に鉱山の概略図を表示した。すると、ここ一年のあいだに掘られたトンネルや空間が何百とあることが判明した。機械はトラブルや挫折《ざせつ》を乗り越え、誰も予想し得なかった深い地中まで調和振動装置を押しこんでいた。回収した鉱物や合金を使い、多くの箇所で坑道の補強をおこなっていた。

「どうしてそれがわかった?」とポールが訊ねた。

「気づいたのはぼくじゃなくて」とオースチンは言った。「ハイアラム・イェーガーとプリヤが、ハンの部下が記録したすべてのデータを再検討した結果、最も可能性が高いと考えた理由がそれだった。下の遷移帯で加速しながらつづいている破砕は、ほかの原因では説明がつかない。機械が掘りつづけている。全速力で採鉱範囲を拡大しているんだ」

オースチンの話の途中で、別の機械が二台やってきた。一台は先ほどの機械のところへ進み、壊れた前面の修理に取りかかった。もう一台は洞窟を横切り、新たな作業をこなすべく、ちがうトンネルにはいっていった。

「彼らはほかの機械をつくりだしてます」と技師が言った。「その数は四三一台」

「でも、どうして?」とポール。

「新たな作業に必要だったからさ」とオースチンは言った。

技師は制御卓の表示を読みつづけていた。「〈新たな指示があるまで採鉱を継続せよ〉。〈全力で回収量を最大化せよ〉。」データベースによると、それがなだれ以前にあたえられた最後のコマンドだった。

「で、機械は完璧にその命令に従った」とオースチンは言った。

「彼らはここで独自の文明を築いてる」とポールが言った。「驚くよ」

「これをやめさせるのが間違いに思えてきそうだ」とオースチンは応じた。「でも、やるしかない」

オースチンは技師を見た。技師は同意してうなずくと、インターフェイスの電源を入れた。新たなコードを入力して、ロボットたちに新たな認証をあたえた。

「命令に従ってくれるといいけど」とポールが言った。「じゃないと、これがロボットの反乱のはじまりになる」

「認証コード、アルファ」と技師が言った。

「認証コードを受け付けました」と人間に似せた音声が応えた。

「TL‐1」と技師が呼びかけた。「すべての採鉱作業を中止せよ。全ユニットは待機エリアへ帰還」

短い沈黙がつづいた。ポールはオースチンと視線を交わした。

「指令を確認」とTL‐1が言った。「共振動装置を停止します」

絶え間なくつづいていたハム音が弱まり、完全に止まった。洞窟内は死んだように静まりかえったが、坑道から騒音が響いてきた。そして永遠につづくかに思える機械の列が洞窟に流れこみ、整然と並んで停止した。

「行こうか」とオースチンは言った。「われわれの仕事は終わった」

その後二週間で、間欠泉地帯――その数は一〇〇〇に達していた――からの水の噴出は緩やかになり、そして止まった。それと同時に、海面の上昇も計一一インチを超えたところでストップした。

鉱床からは最終的に八五〇トンの〈黄金アダマント〉が回収され、それはいまも中華人民共和国が所有している。

西側諸国は正宗が日誌に残した記述を独自に読み解き、合金の供給源を知ることになった。日誌は正宗が名刀の原料を調達した鉱床のある、日本の休火山が分布する地域へ関心を向けることになったのである。

ダーク・ピットとカート・オースチン、そして『地球沈没を阻止せよ』の世界

クライブ・カッスラー

「いずれの大洋も人と船に犠牲を強いているが、飽くことなく触手《しよくしゆ》をうごめかしているとなると、太平洋に止《とど》めを刺す。バウンティ号の叛乱《はんらん》は太平洋上で発生しているし、叛乱をおこした乗組員は、ピトケルン島で船を焼きはらった。鯨に沈められたことがはっきりしている唯一の船で、ハーマン・メルヴィルの小説『白鯨』の本《もと》となったエセックス号は、太平洋の波頭の下に横たわっている。海底火山の爆発を船腹にまともに受けて、粉々に飛び散った播磨《はりま》丸もまた、おなじ運命をたどっている」（中山善之訳）

ひとつの物語は事実で、あとのふたつは作家の想像から生まれた。『スターバック号を奪回せよ』のプロローグはこのように始まる。ダーク・ピットを

主人公にした小説の第一作である（デビュー作ではない）。

ピットは冒険物語のシリーズを通して大勢の卑劣な悪党たちと戦ったが、初登場の場面ではハワイの海辺でごろりと寝そべっている。身長六フィート三インチ、こんがりと陽灼《ひや》けした男。「息を吸いこむたびに、かすかにふくらむ逞《たくま》しい毛深い胸には汗が珠《たま》になっていて、蝸牛《かたつむり》のようにのろのろと跡を引きながら転げ落ちては、砂浜に吸いこまれている。熱帯の強い日差しを遮るために目の上にかざしている腕は筋肉質だが、頑健な男にありがちな筋骨隆々というわけではない。髪は黒く、濃いうえにぼさぼさで、額の半ばまでたれさがっていて、その先には、いかついが温かみのある顔がひかえている」（同）

ピットを黒髪で緑色の目に設定したのは安易といえば安易だった。当時、私の髪は黒々としており、白髪の兆しもなかった。そして目は深緑色。ピットも私も三十四歳だった。ヒーローには相棒が付き物で、ピットもその例外ではない。アル・ジョルディーノはハイスクール時代からのピットの友人で、ふたりは空軍士官学校にそろって進み、両者の間に固い絆《きずな》が育まれた。ともに冒険に乗り出し、ピットとジョルディーノは一度ならず互いに互いの命を救った。

外見は正反対だ。アル・ジョルディーノは浅黒い肌に癖毛、身長は低く、胸幅が広く、とにかくタフだ。空軍士官学校では成績優秀、クラスで三番だったといつも驚きとともに紹介される。そのころから世界でも指折りの有能な海洋技術者であり、水深二万フィートの水域で稼働できる深海潜水装置の製作者でもある。ジョルディーノは個人的な知り合いをもとにした登場人物でもある。私が空軍に在籍していたハワイ時代の友人をモデルにしたのだ。

とにかく時は流れた。いまやピットは結婚し、ふたりの子がいる。サンデッカー提督はアメリカ合衆国副大統領になり、ピットがNUMAの長官になった。登場人物は全員、初めて登場したときより年を重ねた。

〈ダーク・ピット〉シリーズの成功により、別のシリーズも書いてみないかと出版社に持ちかけられた。それが〈NUMAファイル〉シリーズである。新しい登場人物たちも国立海中海洋機関《NUMA》で働き、彼らが活躍する最新の冒険物語を読者はいま手にしているというわけだ。

カート・オースチンも魅力的な容貌《ようぼう》を持つ大胆不敵な男で、背は高いが髪は銀色で、青い目をしている——黒髪と緑の目のピットと対照的だ。違いをよりいっそう際立たせるために、ピットはクラシックカーの蒐集家だが、オースチンは骨董の拳銃を蒐集する設定にした。

オースチンの相棒はジョー・ザバーラ。いつもそうだが、登場人物には一音節の名前をつけている。呼びやすく、憶えやすく、アクションシーンでは短い名前のほうがいい。長ったらしい名前は展開の速い場面の高揚感やテンポの良さの邪魔になりかねない。

ザバーラという苗字《みようじ》は私が設立した実在の組織NUMAがテキサスで発見した歴史的な沈没船からつけた。ガルベストン湾沖の海底に半ば埋まっていた船〈ザバーラ〉である。そして、ファーストネームのジョーは一音節のすばらしい名前だ。

現在、共著者グラハム・ブラウンと私は〈NUMAファイル〉シリーズを執筆している。本書『地球沈没を阻止せよ』は冒険物の興奮と未来の科学技術を駆使した海洋ミステリーの要素を併せ持つ作品である。

本書における事実とフィクション

本に書いてあることはどこまでが現実で、どこまでがまったくの創作なのですか、とファンの皆さんによく訊かれる。そのふたつはいつも混じりあっている。作家として興味深いことのひとつだが、ある事柄を調べていると、そこから小説の新しいアイディアが生まれることがしばしばある。たとえば……

洪水

『地球沈没を阻止せよ』では、地殻の下に潜む巨大な貯水層を活用する深海採掘の新手法が物語の大前提になっている。この地下水の放出はいわば炭酸水の壜を振って開栓し、加圧された液体を解き放つようなものだと描写している。それによって世界規模の洪水が引き起こされる可能性があり、地球上の海岸線という海岸線が呑みこまれ、ことによると大陸という大陸が水没する可能性が生じる。多くの読者はそこが本書でいちばん大きな創作部分だと思うかもしれないが、じつはしっかりと事実に基づいている。

本書で言及される地下水は実在するのである。二〇一四年、地球深部から採掘した鉱物を研究する地質学者たちがダイアモンドや〝リングウッダイト〟と呼ばれる鉱物に内包された特殊な形態の水を発見した。

鉱物内の水分量は微々たるものだが、リングウッダイトは地殻とマントルと呼ばれる岩石の深層部の間に広がる遷移帯の主要部分を構成する。この遷移帯の体積はじつに興味深い。厚さは二五〇マイルで、地球全体をぐるりと取り巻いている。体積が大きいということはリングウッダイトの数も多く、したがって隠れた水の量も多い。

当初の概算では、遷移帯には地表に存在する水量と少なくとも同じ量の水が内包されていると考えられた。

のちに、より正確な数値が算出され、当初の推定より二倍か三倍の量があるといわれている。総体的に考えれば、世界中の海域で水位が一〇マイル上昇し、地球全体で洪水が起きる水量である。

その水がすべて地表に噴出すれば、水の惑星と呼ばれる地球は文字どおり水の世界に変貌《へんぼう》する。エヴェレストの山頂には、現在のマリアナ海溝の底部までとほぼ同じ深さを潜水球で潜るだけで到達できる。

もちろん、ここで問題になるのは、その地下水を地球深部から噴出させることは可能なのかどうかである。

たしかに、ある程度の量は毎日放出されている。火山の噴火で水蒸気は発生する。この水は地球の深部から噴出する。われわれにとって幸いなことに、その水量は地表エリアとくらべるとごくわずかだ。それでも、リングウッダイトに含有される水には莫大な圧力がかかっているので、誰かが封を切ってこぼしたりしないように祈るか、こぞって船の建造に取りかかったほうがいいのかもしれない。

ロボット工学

『地球沈没を阻止せよ』におけるもうひとつの重要な要素は、高度なロボット工学の使用である。本書のさまざまな場所でロボットとアンドロイドは人間に扮《ふん》し、人間に取って代わりさえする。これはどこまでが現実に即し、どこまでが単なるSFの要素にすぎないのか。

事実は単純明快だ。人間のような外見を持ち、人間のように動く機械はすでにこの世に存在する。人類の進化におけるつぎの局面は、生物学的進化ではなく機械的進化なのではないかという説を唱える専門家もいる。さすがにそれには疑問をおぼえるが、答えはいずれわかるだろう。

ご想像いただけると思うが、ロボットは日本でとても人気がある。リアルに動くロボットを製作する競争がすでに繰り広げられ、デザインスタジオでは人間に似せたロボットが開発され、見た目は蝋《ろう》人形館の人形に負けず劣らず真に迫っている。この調子で技術が進化していけば、人間そっくりの機械が誕生する日はすぐそこまで来ているといえる。

本書を書くうえで、実在するロボットの設計を勝手に変更し、呼吸をしたり、汗をかいたりする機能や人工皮膚の特徴を付け足した。ロボット製造者が――大衆を欺くつもりがなければ――とくに組みこむ必要もない、その他の細かい特徴も付加した。しかし実際のところ、人間そっくりに見せることはたやすい。人間のように行動させる――人間らしい動きをさせる――それこそが難しいのだ。

現段階では、本物そっくりのアンドロイドでさえ、虚《うつ》ろな目つきやしばしば見せる奇妙な表情のせいで、その正体を簡単に見破られてしまう。人間の行動力は高く、振る舞いに微妙な差異があるため、模倣や真似は一筋縄にいかない――いまはまだ。とはいえ、甘く考えてはいけない。人間らしく見える些細な特徴をロボットに身につけさせる方法を設計者たちは考案している。瞬きしたり、そわそわするロボットは近い将来に実現する。世代を重ねるうちに、ハードとソフトの両面ともに改良が進んでいる。われわれにとってあたりまえに思える、人間の本能的な動きが数多く組み込まれていけば、進歩とともに本物と機械を見分けることはどんどん難しくなっていくだろう。

ロボットを、さらに人間らしくするもうひとつの手段は機械部分の縮小だ。世の中はナノテクノロジーとバイオテクノロジーが融合する時代に急速に向かっている。将来はギアや油圧機器やワイアを使って組み立てるのではなく、人工細胞を使ったロボットの開発が可能になるはずだ。そうなれば、ロボットは人工生命体のように機能し、皮膚や血液サンプルを顕微鏡で検査しなければ、人間と機械の区別はつかなくなるだろう。

いずれにせよ、昔ながらのロボット――本書に登場する〝ウォーボット〟のような機械――はすでに使用されている。軍隊や警察では、人的被害を避けるために爆発物を検知し処理するロボットを導入している。ドローンは実質的に偵察ロボットだ。装備を運ぶために使用される歩行ロボットは、パワードスーツと連動して軍用に開発が進められている。いずれ兵士たちは動力を利用する人間と機械の混成部隊に所属することになるかもしれない。

もっと小さなものでは、地面を這うように進むロボットが原子炉や有害廃棄物集積場の内部を検査し、火災発生中の建物内部の調査にも使われている。大ピラミッド内を通る、人がはいれないほど細い垂直空間の内部の調査に使用された例もある。

ロボット工学の未来は、危険な仕事を機械にまかせることから始まるのは確かだが、誰がロボットを制御するのかという問題が残る。現在は遠隔操作が望ましいロボット制御方法だが、自律的思考力と人工知能が年々さかんに取り入れられている。いつの日か、ロボットはやるべきことを完全に自力で判断するようになるかもしれない。いまのところは、どの程度までロボットに自律性を持たせるかどうかだけの問題だ。

端島

端島は現実離れした景観の島で、あたかもコミックブックの作者の想像力から生まれたかのごとく、あるいは世界滅亡後の未来の風景であるかのごとく描写されるが、間違いなく端島とそこに立つ廃墟は実在する。

長崎沖に浮かぶ端島は、一世紀以上まえに炭鉱のために開発された。坑道は島の地下深くに延び、周囲の海底にも広がった。少なくとも一本の坑道は隣りの島につながっていたと言われている――オースチンとザバーラが島の出入りに利用できるのではないかと考えた坑道だ。もっとも、その坑道跡は崩落している可能性があり、ふたりはほかの方法を選んだわけだが。

当時、端島には炭鉱労働者とその家族、職員が五〇〇〇人以上住んでいた。第二次世界大戦中、日本が朝鮮を占領していた時代には、何千人もの朝鮮人労働者が強制的に端島の炭鉱で働かされていた。

端島は一九七〇年代以降、無人島になった。何年ものあいだ島への立ち入りが禁じられていたが、二〇〇九年に観光ツアーが解禁された。現在、観光客は島内のごくわずかな地域しか見学できず、それ以外の場所は手つかずのまま保護されている。二〇一五年、端島はユネスコの世界文化遺産に登録された。世界でも類のない場所がそのまま残されているのだ。

そして、『地球沈没を阻止せよ』の舞台にうってつけの場所として！

訳者あとがき

本の帯――腰巻に付きそうな惹句《じゃっく》でいえば、〈オースチン、ついに日本上陸〉とでもなるだろうか。

いずれはそんなこともあろうと、想像をたくましくしていた読者諸氏もいらしたはずだが、〈NUMAファイル〉第十五弾となる本書『地球沈没を阻止せよ』は、日本を舞台にくりひろげられる一冊なのである。

地球温暖化の影響とは関連がないとされる急激な海面上昇が、いずれ世界に甚大な被害をもたらすと想定した国立海中海洋機関《NUMA》。原因が特定できずにいるなかで、ただひとり東シナ海における特殊な地震波を検知した人物がいた。アカデミックな世界に背を向けるその孤高の科学者を訪ねて、カート・オースチンとジョー・ザバーラ、そしてポールとガメーのトラウト夫妻がこぞって日本をめざすのだ。

NUMA特別任務部門のいつもの面々が、日本各地でどんな活躍をするかは本篇に譲ることにする。いささか荒唐無稽の感なきにしもあらずだが、そこはいつもながらの作風と断わってもいいし、ハリウッド映画的にデフォルメされた日本の景色というものを楽しんでいただければと思う。それにもまして一読、日本の文化や風俗等にたいする、クライブ・カッスラーの深い興味と理解に驚かれることになるのではないだろうか。長崎の軍艦島を、作中の重要なステージに選んでいるのもその一例といえる。

実は本書には今回、〈NUMAファイル〉シリーズ史上初めて、カッスラー本人による〝あとがき〟が付されている。

これが自身の作品群の成り立ちにはじまり、登場人物にまつわるエピソードから、本作のトピックに絡めたその執筆作法の一端まで語って間然するところがない。けだしこの一文は一冊の書の解説であるばかりか、カッスラーという作家を知るうえでのヒントとして、本書のもうひとつのクライマックスと言ってさしつかえないだろう。

そんなわけで、屋上屋を架すような真似を承知で、最後にあえて訳註として補足をしておくと――

本篇冒頭の戦国時代のエピソードはまさしく架空の物語だが、ここに登場する名刀〈本庄正宗〉は実在のものだ。上杉謙信、景勝臣下の本庄繁長に由来する刀で、その後、豊臣秀吉、島津義弘の手を経て徳川家康に献上され、代々将軍家に〝伝家の宝刀〟として伝えられることになった。しかし、第二次大戦後に米軍に接収されたのちは杳《よう》としてその所在が知れない……いかにもカッスラー好みの来歴ではないか。

（二〇二三年二月）

◉訳者紹介　**土屋 晃**（つちや　あきら）
東京都生まれ。慶應義塾大学文学部卒業。翻訳家。
訳書に、カッスラー&ブラウン『オシリスの呪いを打ち破れ』『粒子エネルギー兵器を破壊せよ』『気象兵器の嵐を打ち払え』『テスラの超兵器を粉砕せよ』『失踪船の亡霊を討て』『宇宙船〈ナイトホーク〉の行方を追え』、カッスラー『大追跡』、カッスラー&スコット『大破壊』『大諜報』（以上、扶桑社ミステリー）、ミッチェル『ジョー・グールドの秘密』（柏書房）、ディーヴァー『オクトーバー・リスト』（文春文庫）、トンプスン『漂泊者』（文遊社）など。

地球沈没を阻止せよ（下）

発行日　2023年4月10日　初版第1刷発行

著　者　クライブ・カッスラー&グラハム・ブラウン
訳　者　土屋 晃

発行者　小池英彦
発行所　株式会社 扶桑社
〒105-8070
東京都港区芝浦1-1-1　浜松町ビルディング
電話　03-6368-8870(編集)
03-6368-8891(郵便室)
www.fusosha.co.jp

印刷・製本　株式会社 広済堂ネクスト

Printed in Japan
ISBN 978-4-594-09238-2　C0197